道化師の退場

太田忠司

祥伝社文庫

目次

主な登場人物

永山《ながやま》櫻登《はると》　……19歳。ビル清掃バイト兼パフォーマー。
桜崎《さくらざき》真吾《しんご》　……69歳。余命半年の名優。
円城寺《えんじょうじ》允《まこと》……桜崎の世話をする男。自身も療養中。
来宮《きのみや》萠子《もえこ》　……一年三ヶ月前に殺された小説家。
永山春佳《はるか》　……櫻登の母。萠子に育てられた。
茉莉《まり》　　　……櫻登の友人。
村尾《むらお》尚也《なおや》　……萠子の前夫。心臓外科医。村尾病院前院長。
村尾仁史《ひとし》　……萠子の長男。脳神経外科医。村尾病院院長。
村尾美里《みさと》　……萠子の長女。バイオリニスト。
村尾拓斗《たくと》　……萠子の次男。
相楽《さがら》蕾《つぼみ》　……春佳の母。萠子の友人。
篠崎《しのざき》恵美《めぐみ》　……村尾家に通う家政婦。
佐澤《さざわ》内匠《たくみ》　……桜崎が入院するホスピス篤志館《とくしかん》の院長。

1　余命半年

足許《あしもと》に転がってきたボールを櫻登《はると》は片手で拾い上げた。白い軟式テニスボールだった。空気が抜けて少し凹《へこ》んでいた。

顔を上げると、こちらに向かって走ってくる男児が見えた。幼稚園年長組か小学一年生あたり。青いパーカーに半ズボンを身に着け、ティラノサウルスの全身骨格が刺繡《ししゅう》されたキャップを被《かぶ》っている。彼がボールを手にしているのを見ると立ち止まり、少し後退《あとずさ》った。

櫻登はボールを右手の甲に載せると、そのまま腕から肩、首の後ろを巡らせて左手の甲まで移動させてみせた。子供は眼を見開いてそれを見ていた。

しゃがみ込み、握ったボールを眼の高さに上げて軽く振ってみせると、おそるおそるやってきた子供にそのボールを渡す。

「空気を入れるといいよ。空気入れ、ある？」

「……わかんない」

「お父さんかお母さんに訊《き》いてみて。おへそに空気入れの針を刺してプウって膨《ふく》らますんだ」

「おへそ？」

「ボールの表面をつまんでごらん。固くてこりこりしたところがある。それがおへそ」

言われたとおり、子供はボールの表面を何ヶ所か指でつまんでみる。

「あった」

「見つかった？　それがおへそだよ」

櫻登が言うと、子供は頰《ほお》を緩《ゆる》ませた。

「ぼくにもおへそ、あるよ」

「ほんと？」

「うん。でも、おへそに針を刺すの、いやだ。いつも月曜日に病院に行ってここに刺すの」

子供は自分の二の腕を指差す。

「ここに刺すのもいやだけど」

「そうか。いつも腕に針を刺してるのか。君はいくつ？」

「六歳」

「六歳なのに頑張《がんば》ってるんだね。僕は十九歳だけど、今でも注射をするときに泣きそうになるんだ」

「ほんと？」

「ほんと。大きくなったんだから泣いちゃいけないって自分に言い聞かせて、一生懸命泣かないようにしてる。でもときどき泣いちゃう。君も泣く？」

「泣かない」

「そうか、えらいね」

櫻登が言うと、子供の表情が緩んだ。

「人間はおへそから空気を入れなくていいよ。お腹《なか》を膨らませるのに必要なのは空気じゃなくて、美味《おい》しいご飯だから」

そのとき、若い女性がこちらに向かって駆けてくるのが見えた。

「れいちゃん、走っちゃ駄目だって言ったでしょ」

子供を引っ張って抱《かか》え込み、それから櫻登を強い視線で睨《にら》みつける。櫻登は立ち上がり、その女性に一礼した。

「お子さん、お大事に」

「え？」

立ち竦《すく》む女性と彼を見つめる子供をそのままに、櫻登は背を向けて歩きだす。

茅ケ崎《ちがさき》駅南口のバス停には、あまり人の姿はなかった。十月の青空は透明度が高く、小さな雲がひとつ浮かんでいるだけだ。

時間どおりに来たバスに乗り込む。車窓から町並みを眺《なが》めながら、スマホに繫《つな》いだイヤホンから流れてくる「モルダウ」の旋律に鼻唄を合わせた。周囲に乗客はいないので、それを聴《き》く者はいない。

バスを降り、伸びをする。リュックを抱え直し、歩きだした。

なだらかな道を十分ほど歩いたところで目的のものが見えてくる。広い丘陵地に建つ白《はく》亜《あ》の建物。フェンスが巡らされているので、出入口まではぐるりと回り込まなければならない。鼻唄を歌いながら、さらに歩く。

辿《たど》り着いた入場門には中年の守衛がひとりいた。櫻登は制服姿の男に頭を下げる。

「こんにちは。こちらが篤志館《とくしかん》ですか」

「そうですが」

「永山《ながやま》櫻登と言います。今日は桜崎真吾《さくらざきしんご》さんに会いに来ました」

守衛は来訪者を見つめ、手許のクリップボードで確認した後、受話器を手に取った。彼が電話の向こうの誰かと言葉を交わしている間、櫻登は守衛ブースの中を覗《のぞ》き込む。使い込まれた事務机の上に木製のペン立てと小さなゴジラのフィギュアが置かれている。

「書いて」

声をかけられ視線を戻すと、目の前に枠線《わくせん》を印刷した白い紙が差し出されていた。上のほうに「来訪者記録簿」とある。

「名前を書くんですね？　住所は？　要《い》らない？　わかりました」

確認してから自分の名前を記入する。記録簿を戻すと同時にゲートが開いた。

「ここを真《ま》っ直《す》ぐ行ったところにある西棟玄関に入ると右手に受付があります。そこでもう一度名前を言ってください。それと、これを首に掛けてください」

差し出されたのは青いストラップの付いたカードホルダーだった。ＱＲコードが印刷されたカードが入っている。

櫻登はもう一度守衛に頭を下げ、ストラップを首に掛けながら歩きだした。

前庭の真ん中あたりに銅像がある。近付いて見上げた。背広の上下に身を包んだ老人の像だった。でっぷりとした体つきで、口髭《くちひげ》に眼鏡《めがね》。視線は空の真ん中あたりにあった。

台座に銘板があり、文字が刻印されていた。

【篤志館創設者　橘　潤堂《たちばなじゆんどう》像】

像の隣には【篤志館について】と文字が彫《ほ》られた別の石碑が立っている。

【橘潤堂は慶應《けいおう》三年（一八六七年）尾州《びしゆう》に藩醫《はんい》の嫡男《ちやくなん》として生まれる。幼名は愼《しん》介《すけ》。東京帝國大學醫學部にて池田謙斎《いけだけんさい》の元で醫學を學び、ドイツに留學。一九〇〇年に結核《けっかく》療養所として篤志館を創設し、南湖院《なんこいん》と共に茅ケ崎の二大サナトリウムと呼ばれることとなる。一九四六年没。

篤志館の建物は戦後米軍により接収され、一九八五年から橘潤心会《じゅんしんかい》によりホスピスとして運営されている】

櫻登はその文章を一分ほどかけてじっくりと読んだ。それからスマホで銅像と石碑の写真を撮《と》り、玄関に向かって歩きだす。

教えられたとおり、受付は玄関を入って右手にあった。紺色の制服を着た女性に来意を告げると、

「そちらにお掛けになってお待ちください」

とベンチを指し示された。

七分後に背の高い女性がやってきた。

「永山櫻登様、ご案内いたします」

白いワンピースにナースキャップ。ナースシューズも白かった。胸ポケットに「新山」と書かれたプレートが付いている。立ち上がった櫻登は女性に向かって一言、

「新山《にいやま》さん、僕より大きいですね」

一瞬、女性の顔つきが硬くなる。が、すぐに表情を戻し、無言で向きを変えて歩きだした。櫻登は小走りになってついていく。

内科診療室、放射線科、小児科、廊下に並んでいる表示プレートを眺めながら歩いていて先導する女性に置いていかれそうになる。急ぎ足になって追いつくと、

「訊いてもいいですか」

声をかける。

「何でしょう?」

振り向きもせず歩みも止めずに女性は返す。

「ここってホスピスですよね?」

「ええ」

「ホスピスって病気がもう治らないひとが入るところですよね?」

「治癒を目的とした治療が困難になった方々にターミナルケアを行うことを目的とした施設のことを言います」

「なのに内科とかあるんですか。一般のひとの診療もしてるんですか」

「いいえ。ここは独立型ホスピスです。一般の患者さんの診療はしていません。ここにあるのは入院されている患者さんのための施設です。主たる疾患以外の治療も行えるように診療室を用意しているんです。もちろん専門の医師もおります」

「へえ……でも小児科は……あ、そうか。小児癌《がん》のひとが——」

新山が急に立ち止まる。振り返り、ぶつかりそうになる寸前で足を止めた櫻登に言った。

「ここでは不用意に口にしてはいけない言葉があります。患者さんの病名は、その最たるものです。おわかりいただけますか」

「あ、そうなんですね。すみませんでした」

櫻登は頭を下げた。新山は再び向きを変えて歩きだす。

廊下は長く続いていた。女性は背筋を伸ばし規則的な足音を響かせながら歩いていく。櫻登はラグタイム風にずらしたステップを踏みながらついていった。

「こちらです」

建物のドアを開け、外に出た。ベンチを並べた渡り廊下のような通路に面して、芝生《しばふ》が植えられた空間が広がっている。築山《つきやま》があり、楓《かえで》が植えられていた。その向こうには桜も数本ある。

「どこかの庭園みたいだ」

「患者さんの目の保養のために作られた庭です。もうすぐ紅葉が始まります」

通路を回り込んだところで立ち止まると、新山は言った。

「ここでお待ちください」

芝生地の中に煉瓦《れんが》を敷きつめたスペースがあり、そこに白いテーブルと椅子が置かれていた。

「わかりました。案内してくれてありがとうございました、新山さん」

新山が去ると櫻登は椅子に座り、あたりを見回した。手入れされた芝生に覆《おお》われた庭にはゴルフ場のような起伏がある。しかしホールやバンカーなどはない。このあたりには木も植えられていない。櫻登は椅子に腰掛け、ミニチュアの丘のような起伏を眺めていた。

しばらくして丘の向こうから、その人物は不意に姿を現した。

白衣の男性が押す車椅子に座っていた。青いガウンを纏《まと》い、黒のチロリアンハットを被っている。近付くにつれて顔立ちもはっきりわかるようになった。頬骨の形がわかるほど痩《や》せていた。肌の色もくすんで見えるが、車椅子の上でも背筋が伸び、姿勢が崩れていないので、それほど窶《やつ》れているという印象は受けない。

櫻登は立ち上がり、その人物が近付いてくるのを待った。車椅子を押す男性はまだ若く、笑顔で車椅子の男性に話しかけている。

「……だから俺、言ってやったんですよ。『もう少し人生楽しみましょうよ』って。別に誘惑したわけじゃないですよ。上司にそんな気持ち持ったりしません。まあ、悪いひとじゃないし、俺の好みじゃないかって訊かれると、そうでもないよなって言っちゃうと思うんですけど。でもね、新山さんはすごく嫌《いや》そうな顔をして俺を見たんですよ。あれ、絶対に勘違いしてるな。俺はただ、仕事ばっかりじゃなくて自分のために時間を使うのも大事ですよって言いたかっただけで――」

車椅子の男性が小さく手を振った。それだけで白衣の男性は口を閉じ、歩みを止める。櫻登との距離は一メートルほどある。

櫻登は自分から前に進んで、その距離を半分に縮めた。

「はじめまして。桜崎真吾さんですね。僕は永山櫻登です。永山春佳《はるか》の息子です」

「はじめまして、ではない」

車椅子の男性――桜崎は言った。見た目に反して声には力があった。

「君が生まれて三ヶ月のときに会っている」

「そうなんですか。僕は覚えてないけど」

「三ヶ月のときのことを覚えてたら逆に怖《こわ》いけどね」

そう言ったのは白衣の男性だった。

「俺なんて一番古い記憶って言ったら三歳の頃だもんな。公園みたいなところで砂遊びしてたら犬のうんこが出てきたんだ」

実際に何かをつまむような仕種《しぐさ》をしてみせる。白衣の半袖が上がって二の腕が露出した。筋肉の隆起がはっきりとわかるほど鍛《きた》えられた腕に、黒い炎のような模様のタトゥーが見える。

「それでさ、そのうんこを手でつまんだらおふくろがものすごい勢いで『捨てなさいっ！』って怒ってさ。その声の大きさをものすごくよく覚えてる。それから――」

「円城寺《えんじようじ》君、君のファースト・メモリーに興味はないんだがね」

桜崎が男性の軽口を制した。円城寺と呼ばれた男は気分を害した様子もなく口を閉じる。

桜崎は櫻登に視線を戻した。

「永山君――春佳さんが亡くなったのは昨年の八月だったか。葬式にも参列できず、失礼した」

「それはいいです。葬式といったって火葬場でお坊さんにお経を読んでもらって、それで終わりにしましたから。参列したのはそのお坊さんと火葬場のひとと、僕だけです」

「ずいぶんと簡素な葬式だな」

「それが春佳さんの望みでした」

「そうか」

「今日は、桜崎さんにひとつの質問と、ひとつのお願いをしに来ました。言ってもいいですか」

「言うのはかまわない。それに答えるかどうか、願いを聞き届けるかどうか、それは私が決めるがね」

「わかりました。では質問からします」

櫻登は桜崎の眼を見つめる。

「あなたは、僕のお父さんですか」

桜崎は彼の視線を受け止める。そして答えた。

「いいや。君の父親ではない」

「本当に？」

櫻登が重ねて尋《たず》ねると、

「永山君が私の下で働いていたのは、一九九二年から九六年までの四年間だった。私の許を離れて以後、彼女には君が生まれた後に一度会ったきりだ。君は一九九九年生まれだったはずだね」

「そうです。桜崎さんの血液型は何ですか」

「ABだが」

「僕はA型です。春佳さんはO型」

「血液型だけで親子の判定をするのは時代遅れも甚《はなは》だしいな」

「じゃあDNA鑑定してくれますか」

「それが君の『お願い』というやつかね？」

「いいえ。これはオプションです」

「では断る。それでなくても私は毎日、検査だの投薬だのと面倒なことをしなくてはならない。この命を一秒でも長らえさせるためにね。これ以上、余計な検査はしたくない。円城寺君、水を」

円城寺は肩にかけていたバッグからペットボトルを出し、彼に渡した。

「じゃあ僕は、ずっと桜崎さんが本当の父親かもしれないという疑問を持ち続けなければならないんですね」

櫻登が言うと、桜崎はボトルのキャップを開けながら、

「君が私のことをどう思おうと、私が関知するところではないよ。好きにすればいい」

水を一口飲む。

「さて、早く『お願い』とやらを聞かせてくれ。それを断って私は自分の部屋に戻る」

「何も聞かないうちから断ると決めてるんですか」

「先程も言ったように、私にはしなければならないことがある。それでなくとも時間がないのでね。だから大抵《たいてい》の願い事は断ると決めている。それに」

桜崎はペットボトルを円城寺に渡した。

「君が何を願いに来たのか、見当はついている」

「お金を貸してもらいにきました」

「違うな。たしかに君は経済的に困っている。今はビル清掃のバイトで生計を立てている

のだろう?」

「調べました?」

「何の情報もなく君に会うつもりはなかったのでね。もうひとつの仕事のほうは、まったく金にならないようだが」

「そっちはむしろ、赤字です」

「だろうな。しかし君は金の件で私に頼ってきたのではない。そういうことは永山君が、君の母上が絶対に許さなかったはずだ」

「春佳さんの口癖《くちぐせ》のひとつが『たとえ餓死しようと借金だけはするな』でした。クレジットカードさえ使おうとしなかったですから」

「ああ、そういうひと、いるよね。クレジットカードを使うのは借金と同じだって言って」

円城寺が口を挟《はさ》む。

「でもさ、それって間違いなんだってさ。クレジットって利用者の支払い能力のある範囲で買い物をすることを前提としてるから」

「それはあくまでカード会社が主張する前提だな。ここでクレジットカードの仕組みについてレクチャーをするつもりはないがね」

桜崎は言った。

「それで永山櫻登君、君の願いというのは母上のことかな?」

「そうです。お金のことは嘘《うそ》です。ごめんなさい」

櫻登は頭を下げてから、

「春佳さんの無実を証明してもらえませんか」

「断る」

「どうして?　桜崎さんって歴史に残る名優で、それから最高の名探偵ですよね。だったら――」

「え?　桜崎先生って、探偵もしてたんですか」

円城寺が素《す》っ頓狂《とんきょう》な声をあげる。

「あ、もしかして探偵役で映画に出たとか?　それともテレビドラマかな?」

「これまで探偵役を演じたことはない」

桜崎は円城寺の言葉を否定し、櫻登に言った。

「君は私の経歴を何も知らないようだ」

「知ってますよ」

櫻登は応じる。

「桜崎真吾は本名ですよね。一九四九年横浜《よこはま》生まれ。お父さんは旧財閥系列の桜崎銀行頭取。桜崎銀行は別の銀行に吸収されて名前は消えてしまったけど、でも桜崎家は今でもその銀行の実権を握ってるって。だから桜崎さんにもびっくりするくらいの資産があるって前に読んだネット記事に書いてありました」

「くだらないゴシップを私に聞かせたいのか」

「桜崎さん自身は東京大学法学部に入学したけど、勉強より演劇に没頭《ぼっとう》したんですよね。在学中に大学の仲間と劇団道化《どうけ》を設立。名前の由来はシェークスピアの『リア王』を道化の視点から再構成した桜崎さんによる創作劇『真実は犬の如《ごと》し』から。この演目は何度も上演されて好評を博し、主役の道化師は桜崎さんの当たり役となって『道化師』が桜崎さんの愛称にもなった」

「そうやって延々《えんえん》と私の履歴をべらべらと喋《しゃべ》るつもりか。それこそ時間の無駄だ」

「桜崎さんのことはよく知ってるって証明したかっただけです。でも偶然ですね。桜崎さんも道化師だったなんて」

「君と私では、相当の違いがあると思うがね。そろそろ駄弁《だべん》をやめてくれないか」

「まだです。肝心《かんじん》の名探偵としての桜崎真吾について話してません」

「私が探偵だなどという戯言《ざれごと》を、どこから仕入れたのかね?」

「ネットです。桜崎さんが解決した事件のことが書かれてました」

「インターネットというのはデマの温床だ。やってもいないことが書かれていたり、歪《いびつ》なまでにデフォルメされて喧伝《けんでん》されている。たしかに私はいくつかの奇妙な出来事に遭遇したし、謎の解明にいささかながら関与したことはある。しかし――」

「一九九二年七月に新宿《しんじゆく》の高層マンションで起きた殺人事件の犯人と密室トリックを解《と》き明かしていますよね」

　櫻登は言う。

「一九九三年一月にはコンサートホールで千五百人の観客の前で歌手が殺された事件を解決しているし、同じく一九九三年八月に起きたハヤブサ殺人事件では犯人が第二の殺人を犯すことを阻止している。それから――」

「もういい」

　桜崎は櫻登の言葉を遮《さえぎ》った。

「自分の愚行《ぐこう》を蒸《む》し返されるのは気持ちのいいものではない」

「愚行？　こんなにすごい活躍なのに？」

「何がすごいものか。私がやったのは、ただの解説だ。誰がどのように人を殺したか、それを説明したに過ぎない」

「だから、それが名探偵ってことでしょ？」

「探偵という呼び名は蔑称《べっしょう》にしか聞こえない。たしかに私は探偵めいたことをした。隠されていたものを暴《あば》きたて、犯人とやらを見つけ出した。それは認めよう。だがその結果はどうだ。望まない形でスポットライトを浴び、私が心血《しんけつ》を注《そそ》いできた演劇の仕事については蔑《ないがし》ろにされてしまった。つくづく無駄なことをしてしまったと後悔している」

「でも犯行を未然に防いだのなら、意味があると思います。それで助かったひとがいたんだし」

櫻登の言葉に、桜崎は一言、

「関心はない」

とだけ言った。そして後ろに立っている円城寺に手で合図する。車椅子が向きを変えた。

櫻登は先回りして、その前に立った。

「待ってください。もう少し僕の話を聞いてくれませんか」

「もう聞いた。君の依頼を受けるつもりはない。それが答えだ」

「このままだと春佳さんは殺人者だと思われたままです」

「いたしかたないね。それが嫌なら本人が無実を証明するしかない」

「それが無理なことは知ってるじゃないですか。春佳さんはもう死んじゃってるんだから。死んだひとはもう何も言えないし何もできません」

口調は変えなかった。ただ桜崎を見つめる。

「春佳さんがどうやって死んだか、知ってますか。着ていた服を引き裂いて、それで首を吊ったんです。留置場の中で。遺書とかそういうの、何もありませんでした。僕に何も残さないで逝《い》ってしまったんです」

「それで私を頼ってきたわけか。しかし、もう一年以上経《た》った今頃になって、なぜやってきたのかね？」

「知らなかったんです。春佳さんが桜崎さんの助手をしてたなんて一度も聞かされたことなかったから。でも春佳さんの遺品を整理してたら、前に勤めていたキュウリュウエージェンシーって会社の資料が見つかって——」

「キュウリュウではない。クーロンだ。九つの龍と書いて九龍《クーロン》と読む」

「あ、そうか。その九龍エージェンシーで春佳さんが桜崎さんのマネージャーをしてたって知って、それから桜崎さんのことを調べたら、すごい名探偵だったってこともわかりました。だから、桜崎さんなら春佳さんの無実を証明してくれるに違いないって思って、居場所を探して、それで、やっとここに来たんです」

「私がここにいることは、どうしてわかったのかね？」

「最初は九龍エージェンシーに電話をかけて訊いてみたんだけど、所属俳優の個人情報は教えられないって言われました。だからネットで桜崎さんのことをいろいろ調べたり図書館で古い雑誌を調べたりして、成城《せいじょう》に家があることは突き止めました。でも行ってみたら、そこに桜崎さんはいなくて、家のひともやっぱり居場所は教えられないって追い返されちゃって」

「当然だな。私は誰にもここにいることを教えないように関係者には念を押している。なのにここを突き止めたということは、誰かが情報を洩《も》らしたのだな」

「いえ、誰も洩らしてません。どうやっても教えてくれませんでした」

「では、どうやってここを?」

「猫です。ミラージュ」

「私の猫が? 賢い子だが人語は話せないはずだが」

「でもトリマーさんは人間ですから喋れます」

「……なるほど、からくりが読めた」

「はい。桜崎さんがミラージュを大事にしていることも雑誌で読みました。長期の公演先にも連れていくくらいだったって。それとミラージュのトリミングをする美容院も決まってて、ときには出張してトリミングをしてもらうこともあるという話も知りました。だったら桜崎さんが今いるところにミラージュもいて、そこにトリマーさんは出かけているだろうと思ったんです」

「それで美容院を見つけて聞き出したのかね? しかし私はあのトリマーにもこの場所は他言しないよう言い置いたはずだが。そんなに口の軽い人物ではないと信じていたのが間違いだったか」

「沢田《さわだ》さんを責めないでください。あのひとは別に軽々しくこの場所を教えてくれたんじゃないですから。信頼してくれているのを利用して、僕が情報を盗んだんです」

「信頼？」

「真面目に働いて信用を得ました」

「……バイトか」

「ええ。未経験者ＯＫだったんで応募して採用してもらいました。先月まで四ヶ月間、勤めてました。美容院の掃除とか車の運転とか。結構重宝《ちょうほう》されてました。だから顧客名簿も覗けました」

「本当に沢田に信用されていたのか」

「してくれてたと思います。二週間前に退職したとき、引き留められました」

「沢田はかつて信頼していた友人に金を持ち逃げされ、一度事業に失敗している。以来、あまり他人を信用しないようになっていた」

「それは僕も聞きました。沢田さんの下で働いてる富岡《とみおか》ってトリマーさんがこぼしてましたから。四年も勤めてるのに店の鍵《かぎ》ひとつ任せてもらえないって」

「しかし君は顧客名簿を覗くことができた。書類棚の鍵は？」

「預かってました。帳簿整理に必要なので」

　櫻登の返事に、桜崎はかすかに首を振る。

「君は子供のように無遠慮な態度を取るわりに、ひとの懐《ふところ》に入るのが上手《うま》いようだ。その点では面白い」

「僕も探偵として、悪くないでしょ？」

「いや、最悪だな」

桜崎は言った。

「たったひとつの情報を手に入れるために四ヶ月もかけているようでは、有能とはとても言えないだろうな。今回のように一刻を争う事態のときには特に」

桜崎はガウンの襟《えり》を骨ばった指でなぞった。

「そんなに悪いんですか、桜崎さん」

櫻登の問いかけに、桜崎は肩を竦《すく》めてみせる。

「ここに入院している者に症状の軽い者などいない。君が費《つい》やした四ヶ月の間に、私の体の中で癌細胞はより一層勢力を増した。首から下はほぼ完全に癌に制圧されている。私に残された時間は少ない。医師の見立てでは、長くてもあと半年くらいだそうだ」

「半年……」

「その貴重な時間を君のために費やすつもりはない。そもそも私は、もうここから出られない。何かを調べることなど、したくともできない。だから――」

「調べるのは、僕がやります」

櫻登は言った。

「僕が調べて報告します。だから桜崎さんは考えてください。首から下が癌だらけでも、頭は大丈夫なんですよね。考えて、謎を解いてください。お願いします」

　櫻登は頭を下げた。その姿勢のまま動かない。

「少し肌寒くなってきたな」

　桜崎が言う。

「部屋に戻してくれ」

　円城寺が車椅子の方向を変え、進み出した。それでも櫻登は頭を下げたままだった。

　少し進んだところで、桜崎は車椅子を停めさせる。そして言った。

「永山君……という呼びかたは君の母上と同じになって紛らわしいな」

「櫻登って呼んでください」

「じゃあ櫻登、紅茶を飲むだけの時間があるなら、君も一緒に来るかね？」

「はい」

　櫻登は小走りに車椅子の後ろをついていった。

2　探偵依頼

　病室というよりホテルのスイートルームのような部屋だった。天井が高く、壁面と共に漆喰《しっくい》で白く塗られている。赤い羅紗《ラシャ》が張られた椅子と楢《なら》の一枚板でできたテーブルが中央に置かれ、壁に飾られた絵はマティスのものだった。ベッドはない。寝室は別にあるらしい。

　ミラージュは白い長毛種の猫だった。今は猫用のベッドで寝息を立てている。

　車椅子を片付けた円城寺が椅子に腰掛けた櫻登《はると》の前に白いティーカップを置いた。紅茶が湯気を立てている。

「君は紅茶、好き？」

　円城寺に訊かれ、

「まあ、そこそこ」

　と答える。

「俺はあんまり好きじゃないんだ。缶コーヒーのほうがいいかな。思いっきり甘いやつ。

ブラックなんか飲む人間の気が知れないよ」

「僕はコーヒーのときはミルクも砂糖も入れません」

「ほんとに？　あんな苦いの、よく飲むね。舌がおかしくならない？」

「僕は逆に甘いのが苦手なんです。でも、そういうのはそれぞれの好みだから」

「好みね。うん、そうだろうな。じゃあ紅茶にも砂糖は入れない？　レモンは？」

「紅茶もストレートです」

「そんなの美味《うま》いかい？　俺は駄目だ。思いっきり甘いとか辛いとかでないと満足できないなあ。先生には止められてるけどさ」

「先生って桜崎さんですか」

「違う違う。佐澤《さざわ》先生だよ。刺激の強いものは避けないと死ぬぞって」

「どこか悪いんですか」

櫻登の質問に、円城寺は自分の頭を指差した。

「ここ。でっかい瘤《こぶ》があるんだ。脳動脈瘤《のうどうみゃくりゅう》ってやつ。いつ破裂してもおかしくないんだって」

「それは……すごいですね」

「な、すごいだろ」

円城寺は得意気に、

「頭に爆弾抱えてるんだ。手術ができない場所にあるから、手の施《ほどこ》しようがないんだよ」

「それ、怖くないですか。破裂したら死ぬんですよね？」

「死ぬよ。怖いかって訊かれると、うん、怖いな。でも死んだら生まれ変わって、こんなろくでもない人生じゃなくて、もう少しいい人生が送れるかもしれないし」

「来世《らいせ》に期待、ですか」

「そういうこと。今はまあ、とりあえず生きてる。ほんとは親父に相談するのがいいんだろうけど、あいつの世話にはなりたくないし。ここで佐澤先生に診《み》てもらう代わりに桜崎先生のお世話をしてるってわけ。あんまり力《りき》むと瘤が破裂するかもしれないから、手加減しながらね」

そう言って円城寺がウインクしてみせたとき、奥の部屋から桜崎が戻ってきた。ガウンを青から緑色のものに替えている。足取りはゆっくりとしていたが、覚束《おぼつか》ないというほどでもない。彼はテーブルを挟んで櫻登の向かい側の椅子に腰を下ろした。

「この建物の由来を知っているかね？」

「ここに来る途中にあった石碑を読みました。昔はサナトリウムだったそうですね」

櫻登が答えると、桜崎はテーブルに置かれていたブライヤーのパイプを手に取った。

「篤志館の創始者である橘潤堂が留学先のドイツで学んだのは外科の知識と技術だった。篤志館も当初は外科病院として建てられた。しかし途中でサナトリウムへと造り替えられた」

「どうしてですか」

「潤堂の妻が結核《けっかく》に罹《かか》ったからだ。病気の妻と離れないために病院そのものを結核治療のために改造し、中身も一新した」

「この近くには他にもサナトリウムがあったんですよね。そっちに入院させなかったんですか」

「当時、南湖院とはいろいろとトラブルがあったらしい。潤堂が勝手に南湖院創設者の高《たか》田畊安《たこうあん》に対抗意識を燃やしていたからだそうだが。だからそちらに妻を入院させる気はなかったようだ」

「だけど外科の病院から結核の病院に衣替えするなんて、大変じゃなかったかなあ。お医者さんも違うし、設備とかだって」

「それでも潤堂は、やってのけた。潤堂の妻は程なく死んだが、彼は妻と同じような結核患者を受け入れるためにサナトリウムを充実させ、一時は南湖院に勝る存在となったそうだ」

「病院を造り替えてまで奥さんと一緒にいようとしたのは、なぜでしょうね？」

「そりゃ奥さんを愛してたからでしょ」

円城寺が口を挟む。

「純愛だよなあ」

「円城寺君は呆《あき》れるほどに素直だ」

桜崎はパイプに煙草《たばこ》を詰め、火を点《つ》ける。煙と共にパイプ煙草特有の重く甘い香りが漂《ただよ》った。

「ではこんな事実を知ったら、どう思う？　篤志館の設立には妻の実家が深く関わっている。ありていに言えば、資金のほとんどがそこから出ているんだ。つまり、妻がいなくなれば潤堂の資金源も途絶える」

「金蔓《かねづる》を失いたくないから、潤堂さんは奥さんを手許に置いておいたってことですか」

櫻登が言うと、

「妻の死後も篤志館をサナトリウムとして拡充しつづけたのは、妻のことを忘れていないとアピールするためだった。そうして彼は妻の実家からの資金援助を確保しつづけ、地位と財産を得た。潤堂にとっては外科だろうと結核治療だろうと、どうでもよかった。医学を利用して利益を得ることが目的だったのだよ。そんな魂胆《こんたん》で作った病院に『篤志』の名を当てるというのは、ずいぶんふてぶてしいことだと思わないかね」

桜崎が煙と共に言葉を吐いたとき、ノックの音がした。円城寺がドアを開けると、白衣の男性が入ってきた。

「やあ桜崎さん、具合はどうですか」

三十代後半、背が高く、体型も整っている。色黒で精悍《せいかん》な顔立ち。髪は短く刈り上げ、髭もきれいに剃《そ》っている。声にも張りがあった。桜崎は彼の問いかけに答える。

「死にかけていることを別にすれば、順調ですよ」

「それはよかった」

男性は快活に笑う。そして、手にしたバインダーからA４の用紙を抜き取り、

「円城寺さん、これを返しておくよ。記入にミスがある」

「え？　またですか」

「まただ。よく読み直して提出し直してくれ」

差し出した書類のタイトルが治療に関する「同意書」であることと、手書きの文字で「円城寺允」と書かれているのが櫻登の眼に入った。覗き込んだわけではないが、その視線が気になったのか男性が言った。

「ところで、こちらのお若い方は？」

「私の知人の息子です」

「永山櫻登です」

櫻登は立ち上がって頭を下げる。

「永山さん。はじめまして。私は当ホスピスの院長をしている佐澤内匠《たくみ》です。よろしく」

差し出された手を握ると、強い握力を感じた。

「佐澤先生は今話していた橘潤堂の子孫に当たるひとだよ」

桜崎が説明すると、

「おや、曾祖父の話をしていたんですか。永山さんは潤堂の銅像を見ました？　あまり私には似てないでしょう？」

「似てないですね。佐澤さんのほうがイケメンです」

「あなたはお世辞《せじ》の上手な方だ」

佐澤は微笑《ほほえ》んだ。

「でも曾祖父も若い頃は結構な美男子だったそうですよ。ドイツ留学から帰った頃は名家の子女の憧《あこが》れの的《まと》だったそうで。そして花嫁候補の中で一番美しく、持参金の多い女性と結婚したわけです。こう言ってしまうと打算的な結婚だと思われてしまうでしょうが、曾祖父と曾祖母はとても仲が良くて、いい夫婦だったと聞いています。最初の目的がどうであれ、双方ともに悪い結婚ではなかったようですよ。おかげで子孫の私も、金に不自由することなくこんなに広いホスピスを経営することができるわけです」

「しかし、これだけで満足しているわけでもないでしょう？」

桜崎が言うと、

「もちろんですよ。もっと儲《もう》かる仕事をしたいですね。この世に預金残高が増えることほど心楽しいことはないですから。ところで桜崎さん、今夜夕食をご一緒できませんか。今後のことについてお話ししたいこともありますので」

「かまいません」

「では午後六時にお迎えに参ります。それではよろしく。円城寺君、桜崎さんのお世話をしっかり頼むよ」

「任せといてください」

円城寺が胸を叩《たた》いてみせた。

「彼をどう思うかね？」

佐澤が出ていってから、桜崎が櫻登に尋ねる。

「佐澤先生ですか。正直なひとみたいですね。お金が好きそうで」

「そうだな。金のことしか考えていない。だから信用できる」

「そうなんですか。逆に信用できないような気がするけど」

「信念とか正義とかを振りかざす人間よりは、ずっと心が読みやすい。彼が裏切るとしたら、こちらから金を搾《しぼ》り取れないとわかったときか、こちらを切っても損にならないと悟ったときだ。つまり予測も対処も可能だ」

「それはでも、信用って言っていいんでしょうか」

「善意とか真心という曖昧《あいまい》な言葉より、ずっと信用できる。私がこの篤志館を終《つい》の住処《すみか》と定めたのも、それが理由だ。ここは友愛とか仁慈《じんじ》といった美辞麗句《びじれいく》をモットーにしてはいないからね。女性看護師をいまだに『看護婦』と呼び、すでにほとんどの病院で廃止されているナースキャップとワンピースの制服を使っているのも、金のある高齢の入院患者に受けがいいからだ」

「桜崎さんもナースキャップが好きなんですか」

「私はそのようなものに郷愁を感じる人間ではない。それより重視するのは緩和《かんわ》治療についての技術だ。おかげで私は今も、痛みから可能な限り解放されて暮らしていられる」

「やっぱり痛いんですか」

「病状について話したくはない。それより君の話だ、櫻登。君と君の母親の話」

「引き受けてくれるんですか」

「いや。何度も言うように私はもう探偵じみたことはしない。そんなことをしている時間がないからな。だが」

　桜崎はパイプの煙を吐きながら、

「君が自分でやるのはかまわない。君自身が調べてきたことを私に話す分には。もしかしたら私も、何らかの助言を与えることくらいはするかもしれない」

「ありがとうございます」

　櫻登は立ち上がり、頭を下げる。

「それで充分です。僕は――」

「ただし、ひとつの情報を手に入れるために四ヶ月もかけるようなまどろっこしい仕事をしている暇《ひま》はない。わかるな？」

「はい。捜査は迅速《じんそく》に」

　櫻登が言うと、

「よろしい。円城寺君、しばらく席を外してくれないか。一時間ほど休憩していていい」

「一時間もですか。じゃあ牛丼食いに行っていいですか」

「かまわんよ。ただしこの部屋に持ち込むのは禁止だ。この前のように室内に牛丼の匂いが漂うのは我慢できないからね」

　円城寺が出ていくと、桜崎は言った。

「では早速《さっそく》、永山春佳と彼女が罪に問われていた事件について話してくれ」

「何も知らないんですか」

「事件の概要についてはもちろん知っている。私が知りたいのは、君がこの事件をどのように理解しているかということだ。最初から話してくれ。永山春佳がどうやって来宮萠子《きのみやもえこ》を殺害したと考えられているのか」

　櫻登は正面に座る桜崎を見た。紫煙《しえん》に霞《かす》むその顔には、何の表情も浮かんではいなかった。

「……去年の七月のことです」

　櫻登は、話しはじめた。

3　殺人事件

二〇一七年七月二十三日十四時三十三分、二名の警察官がパトカーで渋谷区《しぶやく》松濤《しょうとう》にある一軒の邸宅に到着した。

その家の住人は来宮萠子という。警察官のひとりは、その名前を知っていた。作家である彼女の作品を読んでいたのだ。

インターフォンでの呼びかけに応じて出てきたのは中年の女性だった。一一〇番通報したのはあなたかと問われた彼女は肯定し、家の中に遺体があると告げた。

邸内に入った警察官は二階の部屋で被害者を発見した。カーペットの上に仰向《あおむ》けの状態で倒れており、胸部から出血していた。その傍《かたわ》らには血に塗《まみ》れた刃渡り十五センチほどのペティナイフが落ちていた。

警察官の問いかけに対し、女性は死んでいるのが来宮萠子だと答えた。そして、何が起きたのかという質問に対しては一言、

「彼女の死に対して、わたしに責任がある」

とだけ話した。

その女性――永山春佳はそのまま渋谷署に連行され取り調べを受けたが、事件に関しては以後は黙秘を貫《つらぬ》き何も話さなかった。現場に落ちていたペティナイフが凶器と断定され、さらにナイフの柄《え》から彼女の指紋が発見されたことを指摘されても、一言も喋らなかった。そして翌月三日、留置場で自殺した。

その結果、被疑者死亡のため不起訴となり、事実は何もわからないまま事件は終わりを告げた。


「……いろいろと気になる点がある」

櫻登の話を聞き終えてから、桜崎は言った。

「遺体の傷の数や死因についてなどの情報が曖昧だ。なのに現場に駆けつけた警察官については妙に詳しい。なぜその中のひとりが来宮蒴子の読者だと知っているのかね？」

「聞いたからです」

櫻登は答えた。

「当人から？　どうやって？」

「友達になりました。ていうか、友達になりに行きました。そのお巡《まわ》りさん――高木《たかぎ》さんっていうんですけど、渋谷のスポーツセンターでトレーニングしてるんです。僕もそこに行って声をかけて。意外に気さくなひとで、二、三回話したら打ち解けて、いろいろ話してくれました」

「ひとを籠絡《ろうらく》する才能については認めよう。君は年齢のわりに口調が幼いが、それは戦術のようだな。その高木という警官に、どうやって辿り着いた？」

「来宮萠子さんの家のインターフォン、録画機能付きなんですよ。お巡りさんが来たときの映像も残ってました。そのときに『渋谷署の高木です』って名乗ってたんです」

「その映像はどうやって……いや、言わなくてもわかる。進藤《しんどう》だな？」

「はい、進藤登美雄《とみお》さん、来宮萠子さんの顧問弁護士さんです。春佳さんのことも知ってて、頼んだら見せてくれました」

「進藤も懐柔《かいじゅう》したのか。彼は有能な弁護士だが、いささか脇が甘いところがある。それで、高木という警察官から聞き出したのは読書傾向だけかね？」

「他にもあります。高木さんと顔を合わせたときの春佳さんの様子とか」


「……きれいなひとだな、というのが最初の印象だったよ。右手が血塗れだったけど」

スポーツセンター内のレストランでオムライスランチを食べ終え、コーヒーを一口飲んでから、高木は言った。

「その手を見て俺と一緒に現場に来た時田《ときた》がびっくりしちゃってさ。あ、時田って俺の後輩だけど、まだ経験浅いもんだから思わず『手が手が』って喚《わめ》いちゃって。そしたらあのひと、自分の手をまじまじと見て、それから『わたしが通報した永山春佳です。家の中に遺体があります』って言ったんだ。すごく冷静な言いかただったな」

四十歳。青いジャージに包まれた体はほっそりとしていた。見た目は警官というより経理を担当しているサラリーマンといった印象だった。

「あの家、松濤に建ってるにしては普通の住宅みたいだった。広さも俺の家と変わらないくらいだ。来宮萠子ってもっとでかい家に住んでると思ってたよ。とにかく永山さんに案内されて家に入って二階に上がって、遺体と対面したんだ。俺、他殺死体を見るのって、あれで四人目だった。暴力団同士の喧嘩《けんか》で頭を鉄パイプでかち割られた奴と、息子に首を絞められた老夫婦と、それから来宮さん。見た目は来宮さんが一番よかった。胸のあたりが血だらけになってただけだから。薄い水色のワンピースが赤黒く染まってたな。死に顔は穏《おだ》やかだったよ。雑誌に載ってた写真で見たことのある、そのままの顔でさ。俺、来宮萠子の小説を読んだのって高校生のときだけど、写真を見て美人だなって思って読む気になったんだ。動機としては不純だけどさ、でも小説もすごく面白かった。なんてタイトルだったかな……ああ、そう、『水底《みなそこ》に眠る』だった。あれを読んで俺、女の気持ちってわからないなあと思ったんだ。あの小説の主人公って旦那《だんな》のことを愛してるのに家出して自殺するんだ。その理由が……なんだったかな。忘れちまった。とにかく理解しにくかったんだよ。でも面白かった。わからなくても面白い小説ってあるんだなって、そのときに思ったな」

コーヒーを啜《すす》り、すぐにコップの水を飲む。

「ここのコーヒー苦すぎるんだよな。だったら砂糖とミルク入れろって話だけど、血糖値が高くて医者に止められてるんだ。でもオムライスは食っちまうんだけどな。永山さんは、来宮さんとは別のタイプの美人さんだった。来宮さんが日本画に出てくるような感じで、永山さんは洋画かな。前に新聞で見たことがある。ほら、なんだったかな、真珠《しんじゅ》のなんとかって」

真珠の耳飾りの少女ですか、と訊くと、

「ああ、それそれ。あの絵の感じ。少女って歳《とし》ではなかったけど、イメージが似てた。あんたもあのひとに似てきれいな顔だね。さすが親子だ。そういう顔に生まれたかったよ。でさ、時田が署に連絡を入れて現場保存をしてる間に永山さんに尋問したんだ。まず遺体の身許だけど、まあ訊かなくてもわかってたんだけど一応、このひとは来宮萠子さんかって訊いたんだ。そしたら永山さんは『はい、来宮萠子です』って答えた。それで俺、これはあんたがやったことなのかって尋ねた。そしたらあのひと、何て言ったと思う？　『彼女の死に対して、わたしに責任があります』って言うんだよ。どう思う？　なんか奥歯にものが挟まったみたいな言いかただろ？　だからもう一度、あんたが殺したのかって訊き直したよ。そしたらもう何も言わなくなっちゃってさ。それきり黙秘。俺、訊きかたが悪かったかなあって今でも気になってるんだ。でも、このことは内緒にな。俺のせいで永山さんが黙秘したまま死んだなんて思われたくないからさ。あんたもそう思うよな？　あんたのお母さんが死んだのって俺のせいじゃないよな？」


「それで、君は何と答えた？」

　桜崎の問いかけに、櫻登は紅茶を啜ってから、

「高木さんのせいじゃありませんよ、と言いました」

「では、どうして永山君があのようなことをしたと思うかね？」

「わかりません」

　櫻登は首を振る。

「僕、春佳さんのこと、よくわからないんです」

「母親なのに？」

「母親だから。血が繋がってることはわかってるし、あのひとに育ててもらったし、でも、よくわからない。事件のある半年くらい前から離れて暮らしてて連絡も取り合ってなかったし。だからあの日だって春佳さんが来宮さんの家に行ったことなんか知らなかったし、そもそも春佳さんと来宮萠子との関係も知らなかったんです。夕方に警察から電話が

あって春佳さんが殺人の容疑で捕まってるって知らされたんです。ほんと、訳がわからなかったです。

桜崎さんはどう思いますか。春佳さんってどういうひとだったんでしょうね？」

「有能な人物だったよ。聡明で交渉能力があり、語学にも堪能《たんのう》だった。私の許を離れてからは法務翻訳の仕事をしていたはずだ」

「いつも難しそうな英文を読んでました。契約書とか定款《ていかん》とか。でも僕が訊きたいのは――」

「私の個人的な印象を尋ねているのだとしたら、意味はない。私はそういうものに関心がないのでね。永山君は私のマネージャーとして適格だった。それだけだ。話を戻そう。君は来宮萠子について、どれだけ知っている？」

「一九四五年に東京で生まれた小説家。一九六七年に『去りゆく人々』で小説波濤《はとう》新人賞を受賞してデビュー。一九八〇年に『水底に眠る』で志賀直哉《しがなおや》賞を受賞。この作品は一九八四年に映画化されボルチモア映画祭でグランプリを受賞。他にもいろいろ賞を獲《と》ったり映画化されたりして超有名……というのがウィキペディアに載ってた情報です。ちなみに僕も『貘《ばく》の顔』って小説だけ読んでます」

「読んでみて、どうだった？」

「まあ面白かったですね。ちょっとバイアスかかってる気がしたけど。同性愛とかについて否定的に書かれてて。考えが古いのかな。それでいて出てくる女性同士の関係が恋愛みたいだったけど。でもミステリっぽい雰囲気もあってよかったですよ。桜崎さんは来宮萠子とは知り合いだったんですか」

「面識があった程度だ。永山君と来宮萠子との関係は知っているだろうね？」

「事件が起きてマスコミでじゃんじゃん報じられてましたから」

「それ以前は？　母上から聞いていなかったのか」

「全然。春佳さんは自分のことを話さないひとだったから。まさか来宮萠子が春佳さんの親だったなんて知りもしませんでした」

「正確には育ての親だ。血の繋がりはない」

「でも十三歳のときから育てられてたんですよね。大学にも通わせてもらって、卒業後に桜崎さんの事務所に入ったんでしたっけ？　すぐに桜崎さんのマネージャーになったんですか」

「それまで私に付いていた者が家業を継ぐとかで辞《や》めることになった。それほど大きな事務所ではないから代わりは新入社員の永山君しかいなかったんだ」

「そして名コンビが誕生したわけですね。桜崎さんと春佳さんで、どれだけの事件を解決したんですか」

「覚えていない。数える必要もないしな。私の仕事は俳優で、永山君の仕事はそのマネージメントだ。それ以外のことは瑣末《さまつ》なことでしかない。それより訊きたいことがある」

桜崎は吸い終えた煙草の灰を金属製のピックでパイプから掻《か》き出しながら、

「君はどうして永山君が無実だと思うのかね?」

「春佳さんは人を殺すようなひとじゃありませんから、ってのは根拠薄弱でしょうか」

「意味を成さないね。善人と思われてきた者が殺人を犯すのは別に珍しいことではない。それに君は先程、母親のことはよくわからないと言った。なのに人を殺すようなひとではないと明言するのは矛盾《むじゅん》ではないのかな?」

「矛盾、うん、矛盾ですね。それは認めます。でも、春佳さんは殺してません」

櫻登は重ねて言った。

「春佳さんなら、誰かを殺さなきゃならないときになったら、自分を殺すような気がします」

「そこまで心優しいと?」

「いえ。そこまで自分の命に執着してなかったと思うんです。だから留置場に入れられて自殺した」

「君の意見には、概《おおむ》ね賛成する。たしかに永山君は、そういう人間だった。しかし、それでも絶対に人を殺さないとは断言できない。人間とはそういうものだ。不安定で感情のコントロールが苦手で、利己的だ。君がこれから調査をする場合でも、先入観は捨てるべきだ」

「春佳さんが殺したかもしれないって可能性を否定するな、ということですか」

「そのとおりだ。まず来宮蒴子と永山君の関係について、調べることから始めるといい」

桜崎は部屋の傍らに置かれたアンティークなライティングデスクに歩み寄り、メモパッドにペンを走らせ、一枚引き剝《は》がして櫻登に渡した。

「そこに行ってみなさい。私が紹介したと言えば、会ってくれるはずだ」

櫻登はそこに書かれている名前と住所を読んだ。

「元永《げんえい》社の小松武信《こまつたけのぶ》……これ、誰ですか」

「来宮蒴子の担当編集者だ。現役では最も古くから彼女と仕事をしていた。永山君のことも知っているだろう」

「わかりました。これから行ってみます」

櫻登は立ち上がった。

「決断が早いな。悪いことではない」

桜崎は電話をかけた。しばらくやりとりをした後に受話器を下ろし、櫻登に言った。

「小松君に話を通した。今は会社にいるそうだ」

「ありがとうございます」

櫻登は一礼し、部屋を出ていこうとする。

「あ、もうひとつ、お願いしてもいいですか」

立ち止まって振り返る。

「佐澤院長に訊いておいてくれませんか。ここで僕は必要ないかなって」

「ホスピスで働きたいのかね？」

「そういうつもりじゃ……ああ、でも、それもいいかな。掃除とか何でもやりますから。働き口があったらやりたいです。でも僕が言いたいのは、別の仕事のほうです」

「別の……ああ、もうひとつの仕事のほうかね？」

「はい、そっちが僕の本職ですから」

櫻登は微笑んだ。

「こういうところには必要だと思うんですよね、道化師が」

4　古い写真

元永社の社屋は有楽町《ゆうらくちょう》駅の近くにあった。比較的新しい建物で、受付カウンターには二名の女性が座っていた。櫻登《はると》はそのうちのひとり、眼鏡を掛けた背の高い女性に自分と面会相手の名前を告げた。

「僕は約束してませんけど、桜崎真吾さんが取り次いでくれましたから、会ってくれると思います。大丈夫です」

「桜崎真吾様ですね。しばらくお待ちください」

そう言って女性は受話器を手に取る。

「違います。僕は桜崎真吾ではありません。永山櫻登です」

櫻登が言うと、一瞬女性は当惑した表情を見せるが、すぐに平静に戻って、

「承知いたしました。永山櫻登様ですね」

「はい、でも小松さんに取り次いでくれたのは桜崎さんです」

「あ……はい、わかりました」

女性はビジネスフォンのボタンを押す。

「文芸編集部の小松さんに永山櫻登さんがご面会です。桜崎真吾さんのご紹介とのことです……はい」

受話器を置き、女性は櫻登に向き合う。

「すぐに小松が参りますので、しばらくお待ちください」

「わかりました。ありがとうございます」

櫻登は深く頭を下げる。顔を上げると女性は隣の女性と目配《めくば》せで笑い合っていた。しばらく、というのは四分だった。

「お待たせしました」

エレベーターから出てくるなり櫻登に向かって駆け寄ってきたのは、背の高い男性だった。年齢は五十歳を超えているように見える。短く刈った髪がまだらに白く、度の強い眼鏡を掛けていた。痩せた体にグレイの背広は少し大きめだった。黒い革靴は汚れている。

「はじめまして、永山櫻登です。小松武信さんですか」

「そうです。立ち話も何ですから、ちょっと出ましょうか」

そう言うと小松はすたすたと出入口に向かって歩きはじめる。櫻登は急いでついていった。

連れていかれたのは元永社の近くにある喫茶店だった。空いている席の前に立つと、背広のポケットから名刺入れを取り出す。

「あらためまして」

差し出された名刺には「元永社　文芸編集部　小松武信」という文字が印刷されていた。

「僕、名刺ないんですけど、いいですか」

「ええ、どうぞ」

櫻登は名刺を受け取り、ソファに座る。ウエイトレスにコーヒーを注文してから、小松は言った。

「永山春佳さんの息子さんとお聞きしましたが」

「そうです。春佳さんのこと知ってます?」

「存じてます。私が来宮先生の担当になったのが一九八五年でしたが、春佳さんはもう先生と一緒に暮らしてましたから。しかし、まさかあのひとが先生を殺すとはねえ」

「殺してないと僕は思ってます」

櫻登は言った。

「え?　そうなんですか」

小松は不意を突かれたように、

「でも警察に逮捕されたんですよね?」

「逮捕された人間が全員犯人とは限りません」

「それはまあ……そうかもしれませんが」

「僕は、春佳さんが来宮さんを殺したんじゃないと思ってます」

櫻登は繰り返した。

「だから、その証拠を集めたいんです」

「証拠と言われても……こんなことを息子さんに言うのは何ですが、春佳さんが先生を殺したという証拠はあったんですよね？　指紋の着いたナイフとか。それに自分が殺したと証言したって——」

「証言はしていません。『彼女の死に対して、わたしに責任がある』と言っただけです。殺したとは言ってません」

「はあ……」

小松は当惑したような表情になる。

「小松さんは春佳さんが本当に来宮萠子さんを殺したと思いますか」

逆に櫻登が尋ねると、小松はさらに困惑した様子で、

「それは、何とも言えませんねえ。それほど春佳さんと親しかったわけではないですし。あのひとの心の中まではわかりかねますから」

「小松さんの知っている春佳さんって、どんなひとでした？」

「そう……初めて会ったときが十四、五歳くらいだったかな。物静かな女の子でした。私が来宮先生に会いに行くと、お茶を出してくれましてね」

「春佳さんと来宮さんの関係は最初から知ってましたか」

「ええ。幼馴染《おさななじ》みの娘さんで、両親が亡くなったんで引き取ったとか、そんなことを言われました」

「春佳さんの両親って、誰でしょう?」

「知らないです。息子さんは聞いてないんですか」

「春佳さんは何も教えてくれませんでした。来宮さんに育ててもらったってことさえ、来宮さんが死んで春佳さんが逮捕されてから知りました」

「そうなんですか、へえ……でも、あなたのお父さんからは何か聞いてないんですか。その、春佳さんの生い立ちのこととか」

「父親には会ったことがありません。だから話も聞いてません」

「早くに亡くなられたんですか」

「わかりません。ずっと父親はいなくて、春佳さんひとりでした」

「どんな方だったんですか、その、あなたのお父さんは?」

「わかりません。知らないんです」

「それは……ちょっと驚きですね。お父さんのこともお母さんの親御さんのことも知らない？　訊かなかったんですか」

「父親のことは、小さい頃に訊きました。『僕のお父さんって誰？』って。でも春佳さんは『大人になったら教えるから』って言いました」

「でも、教えてもらえなかった？」

「まだ大人になってないですから。来年の二月になったら二十歳になるから教えてもらえるはずだったけど、もう春佳さんはいません。だけど春佳さんが来宮さんを殺してないってことを証明するためには、ふたりのことをもっと知らないといけないって桜崎さんから言われて、そして小松さんを紹介してもらったんです」

「ああ、そういうことですか。しかし残念ですが、ご期待に添えるとは思えませんねえ。さっきも言いましたように春佳さんのことはそれほど詳《くわ》しく存じているわけではありませんので」

「何でもいいです。来宮さんと春佳さんのことで知ってることを教えてください」

「そう言われましてもねえ……」

　小松は困った顔をして、

「春佳さんはほんと、そんなに印象の強いひとではなかったんですよ。あまり親しく話をしたこともないし」

「春佳さんと来宮さんの仲は、どうでしたか」

「よかったと思いますよ。特にぎくしゃくしているようにも思えなかったなあ。ただ、先生も口数の多いほうではなかったし、春佳さんも無口な方だったので、じつは諍《いさか》いがあったと言われても、そういうこともあったかもしれないなあと思う程度でして」

言いながら小松は顎《あご》を撫《な》でていたが、ふとその手を止めて、

「あれは……いつだったかなあ、来宮先生がうちで『雛《ひな》の葬列』を出版したときだったから――」

「『雛の葬列』が出たのは一九八七年四月です」

「詳しいですね。来宮先生のファンだったんですか」

「いえ、来宮萠子さんの本は『貘の顔』しか読んでないです」

「あ……そうですか。まあいい。そうそう、あれは八七年の春だった。『雛の葬列』出版記念パーティをしたんです。あの作品は連載中から評判がよくて、単行本出版と同時に映画化されることが発表できたんですよ。その映画の宣伝も兼ねて映画会社と合同でやったパーティなんですけどね。その席に来宮先生が春佳さんを連れて出席されたんです。先生が藤色の和服を召されて、春佳さんが同じ色合いのワンピース姿だった。ふたりともお似合いでね、本当の親子みたいでした。当時うちの社長だった東堂《とうどう》も同じことを思ったようで、先生に直接『本当のお母様と娘さんみたいですね』と言ったんですよ。そのとき、私は社長の横にいたんですが、春佳さんが妙な表情になったのを見たんです」

「妙な表情って？」

「なんて言ったらいいのかな……驚いているような困っているような、でも嬉《うれ》しくもあるような。うまく言えないんですが、そんな微妙な表情です」

「春佳さんは何か言いましたか」

「いいえ、一言も。来宮先生は東堂に『わたしはそう思っています』と答えられましたけど」

「『そう思っています』って、親子のつもりだってことですか」

「でしょうね」

「そう言われて、春佳さんは何か言いました？」

「いいえ。やはり黙ってました。でも、泣きそうな顔になってましたね」

「泣きそう……悲しかったのかな？」

「逆でしょ。嬉しかったんだと思います。先生に親子のつもりでいると言われたんだから。仲が良かったんですよ」

テーブルにコーヒーが運ばれてきた。櫻登はそれを一口啜ってから、

「仲は、良かったんでしょうか」

と言った。

「え？」

「来宮さんと春佳さん、本当に仲が良かったんでしょうか。だってパーティみたいなところで親子みたいに思ってますと言われてびっくりしたんですよね、春佳さんは。きっとそれまで来宮さんにそういうことを言われてなかったんじゃないかな。だからびっくりした」

「ああ、なるほどね。そういう解釈もできないではないけど……でも、来宮先生が春佳さんを娘みたいに思ってたってことは確かでしょう。それを泣きそうなほど喜んだ春佳さんも、それを望んでたんだろうし」

「それは、そうかもしれないですね」

櫻登はひとつ頷《うなず》いて、またコーヒーを啜る。

「それで、来宮さんの幼馴染みって誰ですか。そのひとが春佳さんのお父さんかお母さんなんですよね？」

「さあ、そこまでは聞いてないんですよ。たしか女学校の同級生とか仰《おつしや》っていたようなー」

「じゃあ女のひとですね。僕のお祖母《ばあ》さん。どこの誰だかわかりませんか」

「何度も言うように、そんなに詳しくは聞いてなかったんでね。申しわけないですが」

「じゃあ、春佳さんはいつ、来宮さんのところから出ていったのか知りませんか」

「それは知ってます。あれは……一九九八年だから二十年前か。その年の年末あたりでした。そう、年末だったか。その年最後の打ち合わせで来宮先生のお宅にお邪魔したときに『最近春佳さんの顔をお見かけしませんが』と尋ねたんです。そしたら『一週間前に出ていった』と仰いました。独《ひと》り暮らしをしたいと言ったので許した、ということでしたが」

「僕は一九九九年二月十四日生まれです」

唐突な櫻登の言葉に小松はきょとんとした顔になったが、すぐに理解した。

「それってつまり、先生の家を出たときにはもう春佳さんのお腹にはあなたがいたということですか」

「そういうことです。僕のせいかな」

「え？」

「僕ができたせいで春佳さんは来宮さんの家を出たのかな？」

「それは……どうでしょうねえ」

何と言ったらいいかわからない、という顔をして小松は櫻登を見た。

「僕ができるには父親が必要です。それが誰なのか心当たりとかもありませんか」

「と言われましても、私にはとんと……」

「何でもいいです。もしかしたらって気になったこととか」

櫻登は食い下がる。小松は腕組みをして考え込んでいたが、

「……ああ、ひとつだけ」

「何でしょうか」

「九八年の一月に先生のお宅へ新年の挨拶《あいさつ》に伺《うかが》ったんです。そのとき玄関に男物の靴が一足ありました。先客がいるのかなと思ったんですが、応対に出てくださった先生も春佳さんも、何も仰らなかった。誰かいるんですかと尋ねるわけにもいかなくて、少々戸惑《とまど》ったのを覚えてます」

「そのとき、家に誰か男のひとがいたんですか」

「わかりませんが、そうかもしれません」

「小松さんには話せない男のひとなんですね？」

「そういうふうに言われると……でも、そういうことかもしれませんねえ」

　小松は渋々ながら頷いた。

「そのときの来宮さんと春佳さんの様子に何か変わったところはありませんでしたか」

「……そこまでは思い出せませんねえ。今の靴の件だって妙だと思っていたから心に残ってただけですから。なにしろ来宮先生は自宅に他人を入れることをかなり嫌がってましたからね。私でさえ一階の応接間にしか通してもらったことがありません。二階の仕事部屋は見たこともないです」

「そうですか。それ以外に何か思い出すことはありませんか」

「いや、何度も言うように二十年前のことなんかそんなに鮮明に覚えてはいませんよ」

「うん、わかります。僕だって二十年前のことを思い出せと言われても難しいですから」

「難しいも何も、あなたまだ生まれてなかったでしょ？」

「そうです。だから思い出せません」

「何言ってんだか」

そう言って小松は笑った。

「あなた、面白いひとですね」

「そうかな。あ、でもときどき、面白いと言われることはあります。あと、ちょっと変だとか。本当はいつもいつも面白いって言われたいんだけど」

「面白いって言われたいって、芸人さんじゃあるまいし」

「いえ、僕は芸人です」

櫻登は断言する。

「え？　お笑いやってるんですか」

「お笑いとは違います」

「じゃあ、仕事は何をしてるんですか」

「前は犬の美容院に勤めてました。今はビル清掃の仕事です」

「ビル清掃は芸人の仕事じゃないでしょ」

「そうです。違います」

「それじゃ……えっと、何がなんだかわからなくなってきた」

小松を苦笑しながらコーヒーを飲む。一息ついてから、櫻登は言った。

「じゃあ、話を変えます。来宮さんが住んでた家って、今はどうなっているんですか」

「ああ、あの家なら今は不動産屋が管理してますよ。来年には建て替えると聞いてますが」

「ということは、今はまだ前のままなんですね。来宮さんが殺されたときのまま？」

「どうでしょうね。多分誰も手を付けていないと思いますが。来宮先生があの家を購入されるときにはうちの会社が保証人みたいなことをやったんです。来宮先生は著作権を含めた全財産をご遺族了解の上でＮＰＯ法人に遺贈されてまして、そこから委託されて先生の家を管理している不動産屋というのも、うちの会社の系列でしてね」

「だったら中を見ることはできませんか」

「家の中をですか。どうかなあ……」

小松は思案顔になったが、ふと思いついたように携帯電話を取り出した。

「ちょっと待ってください。確かめてみますから」

どこかに電話をし、数分話した後に小松は言った。

「話が付きました。家の中を見てもいいそうです。いつ行きますか」

櫻登はスマホのスケジュールアプリを確認し、空いている日を教えた。さらに小松は電

話の相手とやりとりしてから、

「有楽町にあるゲンエイコーポレーションという会社の谷尾《たにお》という社員と会う算段を付けました。彼が管理している鍵を貸してくれるそうです」

「ありがとうございます。面白いですね。出版社と不動産屋が同じ仲間だなんて」

「多角経営してますからね、うちは」

通話を切った携帯電話をポケットにしまいながら、小松は笑う。

「宇宙ロケットの開発に一枚噛《か》んでる会社とか、介護付き老人ホームの経営をしてるところもあります。系列にどんな会社があるのか、古株の私も全部は把握してません。まあ、関係のないことですしね。今度は私のほうからお尋ねしてもいいですか」

「何でしょうか」

「永山春佳さんは、どんなお母さんでした?」

「優しくて厳《きび》しくて賢くて面白いお母さんでした」

櫻登は言う。

「あんまり笑わないけど、たまに笑うときれいでした。怒るときは静かに怒ります。泣くところは見たことがありません。トーストにマーマレードを載せて食べるのが好きで、ピーナッツバターは好きじゃなかったです。レバーも好きじゃない。好きなのはマグロの刺《さし》身《み》とミートボールとほうれん草です。いつも本を読んでいて、テレビは全然観《み》ません。でも僕がテレビを観ていても怒りません。そのかわり本も読むように言われました。春佳さんが子供の頃に好きだった『エルマーのぼうけん』は僕も好きになりました。読んだことありますか」

「私も好きな本ですよ。お母さんとは仲が良かったんですね」

「ええ、仲が良かったです」

「でも、お父さんのことやお祖父《じい》さんお祖母さんのことは訊かなかった。なぜですか」

「春佳さんが話したくなさそうだったからです。春佳さんが嫌がるようなことは、したくなかった。だから春佳さんが警察に捕まっても面会に行きませんでした」

「春佳さんが拒《こば》んだんですか」

「来てはいけないと春佳さんが言っているって、警察のひとに教えられました。だから行かなかったです。あ……」

「どうかしましたか」

「その警察のひと、名前を思い出しました。渋谷警察署捜査一係の市河《いちかわ》という警部補さんでした。会えないかな。話を聞きたいです」

「それなら私のほうで手を回してみましょうか。渋谷署には知り合いがいます。必ず連絡が取れるとは約束できませんが、訊いてみますよ」

「本当ですか。ありがとうございます」

櫻登は深々と頭を下げた。

「いや、本当に期待しないでくださいよ。私の幼馴染みが渋谷署でちょっとだけ偉いひとになってるだけで……あ」

今度は小松が声をあげる。

「思い出した。幼馴染み」

「小松さんの幼馴染みですか」

「違います。来宮先生のですよ。うちの会社で小説元永という雑誌を出してるんですが、たしか十年か十五年くらい前に来宮先生の若い頃の写真を掲載したことがありましてね。そのときに先生の昔の知り合いが一緒に写っていたような記憶が……どうだったかな?」

小松は言いながら首を捻《ひね》る。

「たしか女学校のときの写真だったと思うが……」

「それ、見ることができますか」

「バックナンバーは保管してあるんで、社に戻れば見られますが、しかし何年の何月号だったか……はっきりしないと、探すのが大変だが」

「それ、僕がやっていいですか。雑誌の写真探し」

「あなたが? それは別にいいですけど。私が許可を出せば保管庫に入ってもらってもかまいませんし。でも、いいんですか。結構手間ですよ」

「やりたいです」

櫻登は身を乗り出した。

元永社ビル地下一階にある保管庫には、広い室内に電動型の書架がいくつも設置されていた。

小説元永のバックナンバーが置かれた棚は、その中の一画を占《し》めていた。元の雑誌が三号ずつ布の表紙でまとめて合本にされている。年代順に並べられているので、見逃《みのが》しは免《まぬが》れそうだった。

櫻登は二十年前のものから取り出し、確認していった。雑誌の冒頭と真ん中あたりにあるグラビアのページだけ確認すればいいと小松には言われているが、それでも結構な手間だった。

合本を一冊ずつ棚から抜き取りページを開く。その単調な繰り返し。ときどき来宮萠子の名前を見つけるが、掲載されているのは小説かエッセイだった。櫻登はスマホで時間を確認する。あと一時間くらいでここを出なければならない。小説まで読んでいる暇はなかった。だが短いエッセイにはざっと眼を通した。その中の、ある一文に眼が止まった。

わたしは偏狭《へんきょう》な女学生であった。文学以外に自分の道はなく、それを理解できる者としか交流しなかった。だから女学校時代も友人と呼べる者は、ただひとりのみであった。

櫻登は続きを読んだ。しかしそこには友人の名前は書かれていなかった。ただその友人のことを「わたしより遥《はる》かに文学に心酔していた」とだけ述《の》べている。

古い紙の匂いが漂う中、さらに雑誌を捲《めく》る。

そして、ついに見つけた。

十一年前の夏に出た創刊三十周年記念号だった。「小説元永を飾った人気作家の素顔」と銘《めい》打《う》たれたページに著名な作家たちと共に、来宮萠子の写真が掲載されていた。椅子に腰掛け、窓の外を見ている。痩せぎすな老女だ。髪を男のように短く刈り、耳朶《みみたぶ》には大きな石が嵌《は》まったイヤリングが付けられている。白黒写真なのではっきりわからないが、トルコ石かもしれない。着ているのは白っぽい半袖のワンピースで、濃い色のパンプスを履いている。背後には机らしきものがあり、ペン立てや白っぽい陶製のピエロの人形が置かれていた。

その写真の左上にさらに小さな写真が重ねて掲載されている。そこにはふたりの少女が写っていた。ひとりは来宮萠子の面影を宿していて、険《けわ》しい表情でこちらを見ている。もうひとりは穏やかで整った顔立ちをしていて、上品に微笑んでいた。同じデザインの学生服を身に着けていながら、好対照なふたりだった。
その写真に添えられた文章を読んだ。

この家に住んで約三十年、ほぼ小説元永と同じ年月である。そこに意味を見出《みいだ》すつもりはないが、面白い暗合ではある。

さらにその十年前、自分が書いた小説で初めて賞を受けた。その賞金で机を買い、その上で小説を書き続けてきた。以後の生活は山あり谷ありという使い古された形容に収まるようなものではなかったが、この家で独り暮らしをしながら小説を書く生活を続けていられるのも、己《おのれ》の才能というよりは周囲の温情のお蔭《かげ》であろうと、普段は下げない頭を低くする。

編集者の強い要望で若い頃の写真も提供したが、正直なところ小説家として世に出る以前のことは忘れたか忘れたいと思っているものばかりで、写真さえ残してはいない。その中でこの一葉は唯一《ゆいいつ》手許に置いているものだ。その経緯については語りたくない。ここにわたしと一緒に写っている友人——我が生涯唯一の友と言ってもいい——との思い出だけは、一生手放したくない宝物である。友から譲られた道化師は退場することなく、今でもわたしと共にある。蕾《つぼみ》は遂《つい》に花開くことなく果敢《はか》なくなったが、わたしにはその裔《すえ》を見守る務《つと》めがある。たとえ袂《たもと》を分かとうと、我が命はそのためにこそある。

櫻登はその文章を三回読み返した。その後、写真が載っているページをスマホで撮影し、雑誌を元に戻した。

そして先程教えられた小松の携帯番号に電話する。

——見つかりましたか。

「はい、見つかりました。写真は載ってました。でも名前はわかりません。わかるのは来宮さんと一緒の女学校に通ってたってことだけです。だけど、それだけでも収穫だと思います。ありがとうございました」

——いえいえ、また何かあったら協力しますよ。ちょっと早いけど、これから夕飯を食いに行きませんか。他に話もあるし。

「あ、すみません。僕、これから仕事なんです」

——芸人の仕事ですか。

「いえ、ビル清掃の仕事です。そこでも面白いって言われてますけど」

——いいですねえ。またじっくり話しましょう。じゃ。

そう言って小松は電話を切った。櫻登は保管庫を出るとき室内に向かって一礼し、それから駆けだした。

5　終生の友

「いつも思うんだけどさ、櫻登《はると》君ってプロだよね」

後ろから声をかけられ、櫻登は振り向く。

「自在箒《ぼうき》の扱いとか、きちっとしてるもん」

「僕は田野中《たのなか》さんに教えられたとおりにやってるだけですけど」

「たしかに教えたのは俺だけどさ、でももう師匠を超えちゃってるね。柄《え》の握りかたとか塵《ちり》取りにゴミを放り込む手際《てぎわ》とかさ、熟練の技だもん。真似《まね》できないよ」

田野中さんは四十七歳だった。少しでっぷりとした男性でキャップの下の頭部は真っ赤なモヒカンに刈られている。柔和《にゅうわ》な顔立ちに銀縁《ぎんぶち》眼鏡。耳朶にはよく見るといくつもピアス穴が開いている。仕事中は外しているが、いつもはここに鋲《びょう》のようなピアスが嵌められていた。

ふたりが今いるのは新橋《しんばし》にあるオフィスビルの裏階段だった。時刻は午後五時過ぎ。そろそろ退社する者が降りてくる頃だが、今はふたりきりだ。ゴミを掃《は》きモップで拭《ふ》き、手《て》摺《す》りも磨く。それが今日の仕事だった。

「くそっ」

不意に田野中が毒づいた。見ると階段の隅に屈《かが》んでいる。

「こんなところにガムを捨てやがって。掃除する者の身にもなってみろや」

田野中は腰に巻いたベルトからパテナイフを抜き取り、貼り付いたガムの嚙み滓《かす》を剝がしはじめる。

「どうしてこんなことするんでしょうね？　自分がいつも使ってる階段にガムを捨てたら自分が踏むかもしれないのに」

櫻登の疑問に、田野中は鼻で笑って、

「どうせ俺たちがきれいにしてくれるって高を括《くく》ってるんだよ。多分独り暮らしなんかしたことのないパラサイト野郎だな。おふくろとか女房とかに掃除も何も任せっきりで生きてきた人間だ。ろくなもんじゃないね」

田野中は作業中、こうして文句を言いつづける。だがそれが悪意ある言葉に聞こえないのは、口調が穏やかで間延びしているからだった。

「櫻登君は掃除洗濯、するの？」

「しますよ。自分がやらないと誰もやってくれないですから」

「偉いねえ。娘に聞かせてやりたいよ。俺の言うことなんか聞かないけどさ」

「美裳坐《みもざ》ちゃん、お父さんの言うこと聞かないですか」

「反抗期真っ只中だよ。俺がいい歳してパンクとかやってるからかなあ」

田野中が組んでいるバンドの名前はエキゾチックバンビという。櫻登は彼らのライブを新宿のライブハウスで見たことがある。他のメンバーも彼とほぼ同年代だった。MCで話していたことを信じるなら、現存する日本のパンクバンドの中で最も古いそうだ。

「それとも遅くにできた子だからかなあ。ほんと、親ってのは割に合わない仕事だよな。かわいい時期は一瞬で、あとは憎まれ口ばかり叩かれて、大人になったら他の男のところに行っちまうんだ。やれやれ……よし、取れた。このガムを捨ててった奴に、新しい靴を下ろすたびにガムを踏む呪《のろ》いをかけてやるからな」

スーツ姿の男が階段を降りてきた。田野中と櫻登に見向きもせず、さっさと通りすぎる。さらに数人の男女が降りていったが、誰ひとり彼らに声もかけなかった。

その後もふたりで三階から一階まで、階段を磨き上げた。終わったのは午後八時過ぎだった。時間どおりだ。

一階のエントランスに向かうと、他のところを掃除していた作業員たち——会社では彼らのことを「クリーンクルー」と呼んでいる——が集合していた。

「皆さん、ご苦労さまでした」

チーフの谷岡《たにおか》が言った。三十歳を少し過ぎたくらいの男性で、背が高く体つきもがっしりしている。

「何かトラブル、問題などありませんでしたか。ない？　はい結構。今日も無事仕事を終えることができてよかったです。ありがとうございます」

作業帽を取り、深々と頭を下げる。きれいに剃りあげたスキンヘッドだった。背中の筋肉が盛り上がって見えた。

顔を上げた谷岡は穏やかに微笑んでいる。

「業務連絡がひとつ。明日虎ノ門《とらのもん》の斎藤《さいとう》ビルの担当になっている方、寺田《てらだ》さんと道島《みちしま》さんと外岡《とのおか》さん、でしたね。集合時間が三十分繰り上がって朝五時三十分となったそうです。早い時間に申しわけありませんが、よろしくお願いします。僕も一緒に行きます。他の皆さんはシフトどおりですので、明日もよろしくお願いします。それともうひとつ、これは個人的なアナウンスです。再来週《さらいしゅう》の日曜日に中野《なかの》サンモール商店街特設リングで試合をします。タイトル防衛戦です」

クルーの中から拍手が起きる。

「ありがとうございます。よかったら観に来てください。入場無料です。チラシもあります」

ＴＥＷ（東京エクストリームプロレス）というインディーズ団体で闘《たたか》っている谷岡を、櫻登は何度か観ている。顔を真っ黒に塗りたくり、背中に悪魔の翼を模したペインティングを施した彼はルシファー谷岡というリングネームの悪役《ヒール》レスラーだった。リングの上での彼は極悪非道で、対戦相手のレスラーを客席のパイプ椅子で殴《なぐ》りつけたりする。後で聞いた話だが、そのときに使う椅子は会場の備品を傷つける心配をしないで済むように彼らが会場に持ち込んだものだそうだ。

田野中や谷岡だけではない。このクルーの中には他の仕事を持っている者が大勢いる。佐久間《さくま》は「壊れた歯車鑑定団」という劇団の女優だし、光山《みつやま》は高校時代からの友人とタンタンタイムという漫才コンビを組んでいる。ライブや舞台や試合があるときは「観に来てくれよ」とお互いに声をかけたりもするが、大抵は「気が向いたらね」と言われ、実際には行かないことが多い。それでいいことになっていた。負担にならない程度に協力し合う。それがクルー間の付き合い方だった。

「では、解散。お疲れさまでした」

「お疲れさまでした」

全員が一礼し、散り散りになる。櫻登は谷岡に近付き、言った。

「チラシください」

「お、いいよ」

差し出されたのは写真と手書きのコピーだった。チャンピオンベルトを肩にかけたルシファー谷岡の姿が中央にある。他のレスラーたちも、それぞれにポーズを取っていた。

「来てくれるか」

「まだわかりません。当日決めてもいいですか」

「かまわないよ。でも、来てくれたら嬉しい」

谷岡は櫻登の肩を叩いた。分厚い掌《てのひら》のずっしりとした感触が響いた。

「あの……」

声をかけられ振り向くと、道島がこちらを見ていた。クルーの中では最年少、といっても櫻登より半年若いだけだが。小柄で作業服がすこしだぶついている。

「わたしも、チラシほしいです」

「いいよいいよ、持ってって。でもまどかちゃん、プロレスとか観るの？」

「え？　いいえ、観たことないんですけど……駄目ですか」

消え入りそうな声で訊き返してくる。

「駄目なことないよ。初心者大歓迎。うちはファミリー層にアピールしたい団体だから、あんまり怖いこともないしね」

谷岡がウインクすると、道島は気弱げな笑みを浮かべ、それから櫻登のほうをちらりと見ると、そそくさと去っていった。

ビルを出ると、すっかり暗くなっていた。冷たい風が頰を打つ。まだ十月なのに冬の気配がした。

ショルダーバッグを抱え直したとき、スマホの着信音が鳴った。茉莉《まり》からだった。

【仕事終わった？】

その場で返事を打つ。

【ちょうど終わったところ】

すかさず返ってくる。

【こっちはまだ終わらない。10時過ぎるかも】

その後に、へとへとになった犬のスタンプが送られてきた。

【疲れてるんだね。無理しないで、って言っても無理かな】

【無理だね。でもがんばる。日曜は予定どおり？】

【うん。茉莉さんこそ大丈夫？】

【心配ありがとう。でも大丈夫。桜崎真吾のことも聞きたいし】

新橋駅から乗った浅草《あさくさ》線の中でも、他愛ないやりとりを続けた。

大門《だいもん》で大江戸《おおえど》線に乗り換えて練馬《ねりま》駅で降りる。櫻登が住むアパートは駅から徒歩十五分ほどのところにあった。築二十年の二階建て。瀟洒《しょうしゃ》な南ヨーロッパ風の外観を売りにしている、と契約時に仲介業者から言われたが、櫻登の眼にはどこが南ヨーロッパなのかわからないままだった。

二階奥にある自分の部屋に入ると、バッグを置いてキッチンでコップに注いだ水を一杯飲み干す。帰る途中のコンビニで買った幕の内弁当からポテトサラダと福神漬《ふくじんづ》けを取り出し、残りを電子レンジに放り込んで温めた。

スマホを充電しながらチャイコフスキーの「くるみ割り人形」をスピーカーから流す。一年中置いてある炬燵《こたつ》をテーブルにして弁当を食べた。

六畳の部屋は調度品が少ない。炬燵の他にはカラーボックスを組み合わせて作った書棚があるだけだ。テレビもない。ただひとつだけ、壁にポスターが貼られている。道化師が描かれたものだ。白塗りの顔で眼のまわりは青く、口のまわりは赤く塗られている。色とりどりの風船を前にして、感情のない瞳をこちらに向けていた。下のほうに風船とも名札ともつかない赤い丸があり、その中に「I'm Pogo The Clown」と文字が書かれている。

櫻登は箸《はし》を動かしながら、ときおりその道化師を見る。

夕食を終えるとノートパソコンを開き、インスタントコーヒーを飲みながらネットにアクセスする。あらためて来宮蒴子について検索した。

出身校の名前は、すぐにわかった。富崎《とみさき》女子高校。次にその高校の公式サイトを見る。杉並《すぎなみ》区にある古い学校だった。創立は大正四年。現在は富崎高校という名前に変わっている。平成に入ってから男女共学校になったらしい。学校の歴史について書かれているページを読んでみたが、卒業生のことは何も書かれていなかった。他のページを調べてみたが、やはりどこにも来宮蒴子の名前はない。

次に「来宮萠子　富崎女子高」で検索をかけてみる。表示されるのは来宮萠子のプロフィールを載せたページばかりだった。

同じ富崎女子高の出身者のブログで、来宮萠子が先輩だと知って自分も偉くなったような気がして嬉しいという記述があった。

【そんな来宮先生を殺したっていう義理の娘、絶対に許せない。人間のクズだよね】

そのブログ主は、そんな言葉を書いていた。

彼女だけではない。来宮萠子について検索すれば、その死と〝犯人〟である春佳について書かれている文章もいくつか眼に入ってくる。櫻登はそれらの文章も全部読んだ。

【育ての親である来宮萠子を殺害した永山春佳の歪《ゆが》んだ愛情】というキャプションが躍《おど》る記事には、ふたりがどれほど憎み合っていたかについて「文芸関係者」なる人物の言葉が載っていた。その〝証言〟によると春佳は自分も小説家になって来宮萠子を凌駕《りょうが》する存在になりたいと望みながら結局一冊も本を出すことができず、自分の劣等感から義母に嫉妬《しっと》して犯行に及んだのではないか、とのことだった。

櫻登は鼻の頭を掻《か》きながら、その記事も読み通した。その他のゴシップ記事やSNSのつぶやきも読んだ。ネット上で春佳はありとあらゆる言葉で罵倒《ばとう》されていた。

それらを全部、櫻登は読んだ。それから二杯目のインスタントコーヒーを飲む。

それから元永社の保管庫で撮影したスマホの写真をクラウドにアップし、パソコンで共有した。そしてディスプレイに表示された学生時代の来宮萠子ともうひとりの女性を、ずっと見つめた。

コーヒーが半分ほどになったとき、ネットの画像検索にその写真をドラッグしてみた。ただの思いつきだった。

すぐに結果が出る。同じ写真が他に二枚、表示された。

最初の画像をクリックする。櫻登と同じように小説元永の記事を撮影したものだった。アップ主は来宮萠子のファンで、そのサイトには他にも彼女の写真が何枚もアップされている。どれも掲載元が表記されているだけで、それ以外の情報は何もなかった。

もう一枚のほうには「母のこと」というキャプションがある。クリックするとそれは個人のブログだった。


先日、自宅の納戸を整理していたときに古いアルバムを見つけた。私が知らないものだった。父に尋ねると、母が結婚のときに持ってきたものだという。つまり独身時代の写真ということだ。

私の母は私が幼い頃に家を出た。その経緯については父から聞いているが、ここにくだくだしく述べたくはない。父の他に好きな男ができた、とかではなく、自分の夢を実現するために家族を捨てたのだということだけは書いておく。

家を出るとき、母は夫や子供はもちろん、身の回りのほとんどを置いていったらしい。このアルバムも、そのひとつだ。幼い頃からの思い出であろう写真まで捨てていった母の気持ちを、私はいまだに理解できないでいる。

このブログにあげた写真も、その中の一枚だ。女学生時代の友人と一緒に撮ったものらしい。写真の下には「終生の友」と手書きの文字が記《しる》されている。父の話によると、母はこの写真だけもう一枚焼き増ししていて、それを肌身離さず持っていたという。それだけこの友達に思い入れがあったのだろうが、その母が私たち子供の写真を同じように持っていたかどうか知らない。恐らくそんなことはしなかっただろう。家を出て以来、一切《いっさい》私たちとは連絡も取ろうとしなかったひとだ。子供のことなど忘れてしまったのだと思う。

夫よりも子供よりも、学生時代の友を大事にしていた母という人間を、いつか許せる日が来るだろうか。

櫻登はその文章を何度か読み返した。ブログのタイトルは「ある神経外科医の気まぐれ日記」とあった。プロフィールを確認したが、名前までは書かれていない。ただ「アラフイフの神経外科医（男）」とあるだけだ。

ブログの他の記事を読んでみる。散歩のときに見かけた花や食べた蕎麦《そば》、読んだ本の写真が載っていて、それに身辺雑記めいた文章が添えられているだけだった。仕事については何も書いていない。人名も出てこない。

頬杖《ほおづえ》を突きながら、櫻登はブログの記述を遡《さかのぼ》って読みつづけた。しかしブログ主を特定できるような記述は見当たらなかった。

「……これ、誰に読ませてるつもりなんだろ」

思わず呟《つぶや》いていた。

6　名探偵

　スマホをスピーカーに繋ぎ、再生ボタンに触《ふ》れた。スタンバイの時間を考慮して、すぐには音が流れないように編集してある。位置につき、櫻登《はると》は周囲を見回した。

　日曜の上野恩賜《うえのおんし》公園は人出が多い。その中で足を止めてくれている観客の数はざっと見て三十人。悪くはない。快晴。余計な風も吹いていない。

　音楽が流れてきた。バッハの無伴奏チェロ組曲第一番。その緩《ゆる》やかな音に合わせて櫻登は一礼する。大仰《おおぎょう》に優雅に滑稽《こっけい》に。まばらな拍手。

「ピエロだ。ピエロ。変な顔」

　子供が櫻登を指差す。母親らしき女性が小声で子供を叱《しか》る。

　櫻登はだぶだぶなオーバーオールのポケットからボールを三つ取り出した。ひとつ、ふたつ、みっつ。投げ上げるとボールは弧を描き、宙と櫻登の手とを行き来する。また拍手。その体勢のまま、手を素早くポケットに突っ込んで四つ目のボールを取り出す。さらにひとつ。もうひとつ。計六つのボールが宙を舞う。拍手が大きくなったところでボールを次々と高く投げ上げた。そしてすぐさまオーバーオールの胸当てにあるポケットを広げる。ネットで作ってあるので落ちてきたボールは五つまで難なく収まった。そして最後のひとつ。他より高く投げ上げたそれは遅れて落ちてくる。櫻登はそれもポケットに収めようとするふりをして頭上を見上げながら左右に動く。そしてボールが落ちてきた瞬間、わずかに頭をずらす。

最後のボールは櫻登の脳天に命中し、弾《はず》んだ。櫻登は大げさに引っくり返り、胸ポケットに入れていたボールを撒《ま》き散らす。

大の字になって地面に倒れた櫻登の耳に、観客の笑い声と拍手が聞こえた。

一瞬の気絶から蘇生《そせい》したかのように頭をぴょこんと起こし、ふらふらと立ち上がる。自分の身に何が起こったのかわからないようなふりをして周囲を見回したり自分の腕や足の動きを確かめてみたり。その仕種のひとつひとつに笑いが起こった。今日の客筋はいい。

散らばったボールを拾い上げてバッグに収めると、次はジャグリングクラブを取り出す。ボーリングのピンのような形をしたそれを三本、回転を付けて投げ上げる。赤青黄色のクラブが宙を舞い、櫻登の手からさらに空へと飛んでいく。

ジャグリングをしながら、前もって置いていた踏み台の横に立つ。そしてジャンプ。クラブを回したまま踏み台に着地。またも拍手。そのままの体勢で片足を上げ、クラブを足の下に潜《くぐ》らせた。拍手。

その後もいくつかの芸を披露して、櫻登の持ち時間は終了した。最後にまた一礼し、その場を離れる。

楽屋代わりになっているテントの前に茉莉が立っていた。

「お疲れさま」

差し出された缶コーヒーを受け取り、櫻登はそれを一気に飲み干した。

「天気が悪くならなくて、よかった。この前の川崎《かわさき》、すごい風でさ、クラブがどっかに飛んでっちゃったんだ」

「今日の調子はどうだった？」

「悪くないよ。お客さんの反応もよかったし」

櫻登が言うと、茉莉は微笑んだ。ダークグレイのビジネススーツの上にベージュのトレンチコートを羽織《はお》っている。アッシュベージュに染めた髪はショートボブにカットしていて、目鼻立ちのはっきりした彼女には似合っていた。

「ご苦労さん」

背後から肩を叩かれ振り向くと、前薗《まえぞの》の笑顔があった。

「櫻登ちゃん、今日は調子良かったんじゃない？　客も沸《わ》いてたよ」

「ありがとうございます」

櫻登は一礼する。前薗も自分の出番に備《そな》えて支度《したく》を終えていた。茶色いシャツにグレイのベストとズボン。メイクはナチュラルに。道化師風の櫻登とは違う。

「次はたしか、どこかの病院だっけ？」

「慰問《いもん》に呼ばれてます」

「大事な仕事だ。頼むよ」

「はい、頑張ります」

さらに深く一礼。前薗はにっこりと頷き、それから茉莉に意味ありげな笑みを見せてから楽屋に入っていった。

「あのひとが櫻登君の上司？」

茉莉が尋ねてくる。

「そう、前薗さん。芸名はＺＯＮＯ。十代のときからアメリカで公演してる一流のジャグラーだよ。五十歳の今でも現役。そしてＷＷＰの社長」

「ＷＷＰ？」

「ワールド・ワイド・パフォーマーズ。僕らみたいなヘブンアーティストの芸能事務所みたいなもの」

「ヘブンアーティストって？」

「東京都が街頭とか公園とか公共の場所でのパフォーマンスを公認したアーティストのこと」

「なるほど。大道芸人も今は都のお墨付きが必要なんだ。それで櫻登君、じゃないハル・ザ・クラウンはWWPの花形ってわけ？」

「全然。僕はまだ前座の前座だよ」

「謙遜《けんそん》しちゃって。さっきは受けてたじゃない」

そう言って茉莉は電子煙草をくわえた。

「ねえ、お昼食べにいかない？」

「いいよ。メイク落としてくるから待ってて」

「あら、そのままでもいいんじゃない？　ピエロ顔、似合ってるのに」

櫻登は少し考え、答えた。

「茉莉さんが嫌じゃなきゃ、いいけど」

「道化師さんとランチ、嫌じゃないわよ」

結局メイクを落とさないまま、櫻登は茉莉と近くのカフェに入った。ウエイトレスは表情を変えることなく彼らを席に案内し、注文を取っていった。

「どうやらこのあたりじゃ、ピエロが御飯を食べにくるのは日常茶飯事みたいね」

電子煙草を指に挟み、茉莉が言った。

「あんまり気にしてないみたい」

「そうでもないよ」

櫻登は水を飲みながら、

「あの店員、奥に戻ってから同僚とひそひそ話をしてる。僕のことを話してるんだ」

「それ、被害妄想？」

「僕が視線を向けたら、ふたりとも慌《あわ》てて顔を背《そむ》けたもの。僕を話題にしてるに違いないね」

「相変わらず観察眼が鋭いわね。思うんだけどさ、櫻登君って仕事を間違えてない？」

「ジャグラー失格ってこと？」

「そうは言ってない。ただ、他にも才能があるんじゃないかなって」

「たとえば？」

「桜崎真吾みたいな名探偵」

「それはない。絶対にない」

「どうして？　初めて会ったときにわたしの職業も言い当てたじゃない。そういうの、得意でしょ？」

「得意ってわけじゃないよ。見えたり聞こえたりした事実を組み合わせて推論してるだけ。別に手品とかでもないし」

「言い当てられた側からしたらマジックかよって思うわよ。ねえねえ、さっきのウエイトレスなんて、どう？」

「どうって？」

「何かわかる？」

「別に。たいしたことはわからない。ガーデニングを趣味にしていて猫を飼ってるってことくらい」

ちょうど話題にしていたウエイトレスが注文の品を持ってきた。櫻登の前にミックスサンドを、茉莉にはカツカレーを置く。

「追加でホットコーヒーもください」

櫻登がウエイトレスに声をかける。

「かしこまりました」

「店の前のプランターに植えてある黄花《きばな》コスモス、きれいですね。あれ、あなたが世話をしてるんですか」

「え？　見てたんですか」

「見てないけど、あなたのエプロンのポケットに土汚れが付いてるから、そうじゃないかなって」

ウエイトレスは慌てて自分のエプロンを見る。

「あ、ほんと。やだ、気付かなかった」

「家でも何か育ててるんですか」

「え？　ええ、花は好きなので、観葉植物とか。でも、どうして？」

「ただ水やりをしただけなら店長に指示された仕事かもしれないけど、土で手を汚してそれがエプロンに付くってことは、雑草取りとかをしたんじゃないかなって。そういうの、趣味でやってるひとなら気になるでしょ？」

「そうですね。つい抜いちゃいます」

ウエイトレスは笑みを浮かべる。

「猫ちゃん、家の観葉植物に悪戯《いたずら》しません？」

「ああ、うちのマールは植物とかに興味はないみたいで……って、どうして猫がいるってわかったんですか」

「左手の甲に引っかき傷があります。猫の飼い主って生傷が絶えないんですよね」

「そうなんですよ。すぐに引っかかれちゃって」

ウエイトレスはそう言って手の甲を撫でた。

「お客さんも猫、飼ってるんですか」

「うちのアパート、ペット禁止なんです。ついでに言うと、植物も育ててません。いつもこの恰好《かっこう》でぼーっと過ごしてます」

「ピエロの恰好で？」

「ピエロの恰好で」

やだあ、と笑いながらウエイトレスは戻っていく。茉莉は小さく拍手をした。

「すごいね。ぴたり命中。やっぱり名探偵やるしかないでしょ」

「こんなの誰にでもできるから。僕には探偵なんて頑張ったってできない。才能がないんだ」

「名探偵の才能って、どんな才能？」

「一言でいえば、跳躍力」

櫻登は答える。

「事実を観察して組み合わせるだけじゃなくて、その上で論理をぴょんと飛び越える。そして意外な真相ってやつに辿り着く。その力だよ」

「その能力が、桜崎真吾にはあると？」

「うん。あのひとは特別だ。普通の人間にはできないような考えができる。ハヤブサ殺人事件、知ってる？」

「知らない。桜崎真吾が解決した事件？」

「そう。ある屋敷の主が密室状態の書斎で殺害されてたんだ。その書斎にはハヤブサの剝《はく》製《せい》が置いてあったんだけと、事件が起きたときには消えていた」

「その剝製が密室のトリックに使われたとか？」

「違うよ。密室のほうは、ありふれた針と糸タイプのトリックだった。でもハヤブサの剝製が消えた理由はわからなかった。逮捕された犯人――海外に取材に行くようなジャーナリストだったけどね――は犯行を自白したけど剝製のことは一切黙秘したんだ。警察は犯人さえ特定できればいいからって問題にしなかったけど、桜崎さんは『ハヤブサの行方を探さなければ新たな死者が出る』と言って警察の偉いひとを動かして、徹底的に捜査させた。そしたら希少動物の剝製を取り扱う闇ルートみたいなのでハヤブサの剝製が取引されていることがわかって、買い取り先も特定できた。警察はすぐに捜査に乗り込もうとしたけど、そのときに桜崎さんが警告したんだ。行くなら、爆発物処理班を連れていくべきだって」

「爆発物？」

「殺人を認めた犯人がハヤブサの行方について黙秘しているのは、それこそが犯人の目的だったからじゃないか、と桜崎さんは考えた。犯人自身は剝製に興味はないし犯人の家にもなかった。誰かに売り渡したに違いない。金目当ての犯行だったのか。違う。ハヤブサの剝製は高価だけど犯人は金に困らないくらい裕福だった。だとしたら犯人は何か別の理由で剝製を誰かに渡したのだろう。そういえば犯人はかつて中東に出かけて爆弾テロ犯の取材をしていたと言っていた。爆弾。そうか爆弾か」

そう言って櫻登は、ピエロ顔に笑みを浮かべる。

「犯人はハヤブサの剝製に時限爆弾を仕込んでたんだ。間一髪《かんいっぱつ》で時限装置は解除されたけどね」

「なんだか、すごいわね。犯人もだけど、それを言い当てた桜崎真吾も」

「でしょ。僕には到底できないよ」

櫻登はそう言って、サンドイッチを口に運ぶ。

「茉莉さんもカレー、食べたほうがいいよ。冷《さ》めちゃう」

「そうね」

食事をしていると、先程のウエイトレスがコーヒーを持ってきた。

「あの、そのメイク、肌に悪くないですか」

「僕は大丈夫だけど、肌の弱いひとには勧《すす》めません」

櫻登は答える。

「どうしてもピエロのメイクをしたかったら、落とした後のスキンケアをしっかりやってください」

「はい、わかりました」

ウエイトレスは笑いながら去っていく。

「櫻登君って、不思議な子だよね」

カツカレーを食べ終えた茉莉が言う。

「ずけずけと人の心に侵入してくるかと思えば、妙に優しかったりユーモアがあったりするし」

「僕は優しくもないしユーモアもないし、人の心に侵入するつもりもないよ。普通にしてるだけ」

「普通ねえ」

微苦笑を浮かべながら、茉莉はコーヒーを啜る。

「さっきの桜崎真吾の推理だけと、跳躍した論理が必ずしも正しいとは限らないんじゃないの？　ハヤブサの剝製に爆弾を仕込んで殺したい相手に売り渡した、なんてたまたま正しかったからいいけど、よく考えたら当てずっぽうみたいなものじゃない。他の解釈だってあるわけだしさ。たとえば犯人が犯行のときに怪我をして、自分の血が剝製に付いたから持って逃げたとか」

「茉莉さんもだけど、僕たち凡人が名探偵になれないのは、そこなんだよ。論理が正しいかどうかじゃない。正しい結論に到達できるかどうかってこと。僕が言った跳躍力って、そういうことだよ。ひとつひとつ積み上げていってたら届かないところに、一気に辿り着ける。茉莉さん、自転車に乗れる？」

「自転車？　あ、駄目。わたし乗れない」

「僕は乗れる。乗れないひとから見ると、自転車に乗れるのって不思議じゃない？　どうして倒れないんだろうかとか、どうして曲がれるんだろうとか」

「そうそう。思う」

「でも乗れる僕からすると、どうして乗れないのかわからない。乗れちゃえば倒れないし、簡単に曲がれるからね。最初はたしかに乗れなかったはずなのに、乗れるようになってしまったら乗れない感覚ってのがわからなくなるんだ」

「名探偵も同じってこと？　感覚？」

「他にいい言葉が見つからないから、そういうことにしておく。感覚。名探偵の考えが正しいかどうか、じゃない。名探偵の考えだから、正しいんだ」

「……なんだか、ますますわからなくなってきたわ」

茉莉はかすかに首を振りながらコーヒーを飲む。

「それで、名探偵桜崎真吾と会ってみてどう？　本当にお父さんじゃないの？」

「わからない。桜崎さんは違うって言うけど、ＤＮＡ鑑定は拒否された」

「怪しいなあ。櫻登君を実子だと認めたくないだけなんじゃない？　遺産を取られるからって。あ、そう言えば桜崎真吾の遺産って、誰が相続するんだろう？　すごい資産家なのよね、あのひと」

「知らないよ。たしか家族はいないんだよね」

「結婚はしてないし、認知した子供もいない。親兄弟もいない。天涯《てんがい》孤独みたい。だったら櫻登君に遺産あげてもいいのに」

「別にほしくないよ」

「じゃあ、どうして桜崎真吾がお父さんかどうか知りたいの？」

「自分の親が誰か知りたいって思うの、おかしいかな？」

「いえ……そんなことないわ。今のはわたしが悪かった」

「どうして謝《あやま》るの？」

「なんか、櫻登君を傷つけたような気がするから」

「傷ついてないよ」

櫻登は小首を傾《かし》げる。

「どうしてそういう風に思うのか、僕にはわからない」

「それは……まあ、いいわ。話を戻します。来宮萠子の事件について、櫻登君が調査をして情報を桜崎真吾に渡す。そして彼が助言をしてくれる。そういうことなのね？」

「そう。だから僕が動いて情報を仕入れないといけないんだ」

「今後の方針は？」

「春佳さんと来宮萠子の関係。それと、春佳さんの母親について調べたいと思ってる」

元永社の保管庫で見つけて撮影した写真を表示して、茉莉に見せた。

「こっちが来宮萠子。そしてもうひとりのほうが、多分春佳さんの母親。僕のお祖母さんだ」

「きれいなひとね。誰なの？　名前は？」

「まだわからない。来宮萠子の富崎女子高校時代のことを知っているひとが見つかれば、一気にわかると思うんだけどね」

「わたしが調べてみようか」

「あ、そうしてくれると嬉しいな。僕は来宮萠子の子供の線から調べてみる」

「子供？　たしか三人、いたわよね」

「一九六七年に村尾尚也《むらおなおや》というひとと結婚して、三人の子供を産んでる。長男の仁史《ひとし》、長女の美里《みさと》、それから次男の拓斗《たくと》。このうち仁史のことを調べてみたら、医者になってた。村尾病院ってところの院長」

「その病院なら知ってる。結構有名なところじゃない？」

「みたいだね。仁史さんは脳神経外科が専門みたいだけど、内科や外科、小児科の病棟とかもある」

「他のふたりは？」

「拓斗はよくわからない。ネットで調べてみてもヒットしなかった。美里さんは音楽家になってたよ。車椅子のバイオリニスト」

「車椅子？　足が悪いの？」

「小学校のときに交通事故で脊髄《せきずい》を損傷して下半身が動かなくなったんだって。でも車椅子に座って演奏しているみたい。そういう画像がネットにアップされてた」

茉莉は自分のスマホで検索を始めた。

「……あ、見つかった。村尾美里四十六歳。きれいなひとね」

茉莉がスマホを見せる。櫻登が見たのと同じ、車椅子に座ってバイオリンを弾《ひ》いている女性の画像が表示されていた。紫色のドレスを身に纏い、首に同じ色のスカーフを巻いている。

「村尾尚也の情報は？」

「村尾病院の二代目院長。専門は心臓外科。仁史さんに院長の座を譲ってから後のことはわからない。でもこのひとなら、前の奥さんの友達のこと、知ってるかも」

「どうやって調べる？　直接乗り込む？」

「そうしたいけど、いきなり行くのは難しいかな」

「櫻登君でも遠慮することがあるんだ」

「遠慮じゃなくて、きっかけが見つからないってこと。だからまず仁史院長から攻める」

「どうやって？」

「村尾病院に営業をかけた。小児病棟の子供たちに道化師の芸を見せて楽しませてあげませんかって」

「あ、さっき前薗さんが言ってた『次はたしか、どこかの病院』って、それ？」

「そう。明後日《あさって》に行くことになってる。そのときに村尾院長にも会える」

「そのときに『あなたを捨てて家を出た来宮萠子の親友のことを知りませんか』って訊く？」

「うん、そのつもり」

櫻登が頷くと、茉莉は眼を丸くした。

「どうして？」

「わたし、冗談で言ったのに。駄目だよそれ」

「そんなこといきなり訊いたって、答えてくれるわけないでしょ」

「どうして？」

「どうしてって、初対面の道化師が突然プライベートなことを質問して、はいはいそれはって答えると思う？」

「答えないかな？」

「無理無理無理無理。櫻登君ってときどき常識が腰を抜かすようなことを言ったりするよね。いい？　院長に会ったらまず心証を良くしなきゃ。相手に好感を持ってもらって、親しくなって、それから――」

「そんな時間、ないよ」

櫻登は言った。

「僕には、いや、桜崎さんにはもう時間がないんだ」

「そんなに悪いの?」

「そう言ってる。僕が桜崎さんの居場所を見つけるまでに時間をかけすぎた。もっと急がないと」

「そうだ。桜崎真吾のことも訊きたいんだった。でも」

茉莉はスマホで時間を確認する。

「おっと、もうすぐここを出なきゃ。櫻登君、今日は夜、空いてる? 夕飯奢《おご》ってあげる」

「いいけど」

「じゃあ桜崎真吾の話はそのときに。今夜は一晩、わたしにちょうだい」


櫻登が体を離すと、茉莉は上気した顔を手で覆って、

「わたし、うるさかった? 声、大きかった?」

「ここはうるさくても、誰も何も言わないんじゃないかな。そのための場所なんだから」

櫻登はコンドームを外し、ティッシュで自分の体を拭いた。

茉莉も起き上がり、櫻登の背中に体を押しつける。

「櫻登君は静かだよね。いくときも声出さないし」

「声を出すひと、いるの？」

「高校のときの彼がね、オットセイみたいに吠《ほ》えるひとだった」

「オットセイ。それはちょっとすごいかも」

「うるさいから別れた。わたし、うるさかった？」

「うるさくはなかった。面白かった。女のひとって性的に昂奮《こうふん》すると、ああなるの？」

「そういうこと、訊かないの」

茉莉は後ろから櫻登を抱きしめた。

「訊くっていえば、さっき訊き忘れたんだけど、桜崎真吾の第一印象、どんなだった？」

「痩せてた。写真で見るよりずっと。弱ってるみたいだった。でも、怖かった」

「怖い？」

「自分の中のものを全部見通されるみたいな感じ。あのひとは、人間のことを何もかも知ってる」

「桜崎真吾が自分の父親だと思う？」

「わからないよ」

「じゃあ、父親だったらいいなって思う？」

櫻登は少し考え、言った。

「いいか悪いか、わからない。でも誰だろうと僕の父親がわかれば、僕は変われる」

「変われる?」

「何か違うものになれる。道化師じゃなくなる」

「道化師やってるの、嫌なの?」

「道化師になるのは好き。でも道化師でいるのは嫌い」

「……意味がよくわからないんだけど」

「僕は芸をするときに道化師の恰好をする。衣装を着て、メイクをして。それは外側を変えただけ。でも本当は、僕の中身も道化師なんだ」

「馬鹿なことをやったり言ったり。そして笑われるってこと?」

「それも違う。多分僕は……うまく説明できないな、やっぱり」

「ごめん、変なこと訊いちゃったね。気分変えよう」

茉莉は櫻登の腹部に手を這《は》わせる。

「ねえ、まだできる?」

「できない」

「元気そうだけど、櫻登君のここ」

「それでもできない。コンドームがもうない」

「それなら心配しなくていいから。今日は安全日」

「駄目だって」

櫻登は茉莉の手を擦《す》り抜けて立ち上がる。

「妊娠に安全日なんてないんだから。ただ妊娠しにくい時期があるだけ。絶対にしないわけじゃないよ」

「大丈夫だって言ってるのに」

茉莉は不満そうに櫻登を見上げる。その視線を受けて、彼は言った。

「僕は、僕の遺伝子を遺《のこ》したくないんだ」

7　強行突破

「……母のこと？」

一瞬、村尾仁史は虚《きょ》を衝《つ》かれたような顔になった。

「違います。院長先生のお母さんの来宮萠子さんの友達のことです」

櫻登《はると》が言うと、仁史は眉根《まゆね》に皺《しわ》を寄せて、

「君は、どうしてそんなことを私に尋ねるのかな？」

と訊き返した。櫻登は答える。

「僕の母は、永山春佳と言います」

「永山……まさか」

仁史は表情を変えた。

「君が、母を殺した——」

「違います。僕は来宮萠子さんを殺していません」

「わかっている。世が世なら尊属殺人は極刑だ」

「それに、春佳さんも来宮萠子さんを殺していません」

　櫻登の続けざまの言葉に、仁史はますます難しい顔になる。きれいに整えられた口髭を撫でながら、

「どうも、君の話は合点《がてん》がいかないのだが。君は何をしに来たんだ？」

「小児科病棟の子供たちにジャグリングを見せるために来ました」

「そうだったな。ではなぜ、そんな質問をするのかね？」

「僕の母は永山春佳と言います」

「それはさっき聞いた。だから？」

「春佳さんは来宮萠子さんを殺していません。そのことを証明したいと思っています。そのためには春佳さんと来宮萠子さんの関係を詳しく知る必要があると考えました。だから春佳さんのルーツを調べることにしました。院長先生はブログで来宮萠子さんが富崎女子高校時代に友達と撮った写真をアップしていましたよね。その友達というのが春佳さんの母親だと思うんです。なのでそのひとの名前が知りたいんです」

「……どうやら、話が面倒だな」

　警戒するような視線のまま、仁史は言った。

「座りなさい。五分くらいなら話を聞こう」

「ありがとうございます」

櫻登は院長室のソファに腰を下ろした。仁史は向かい側に座る。病院のサイトで確認したプロフィールによると今年五十歳のはずだが、見た目は四十代前半くらいだった。髪をオールバックに固め、糊の利《き》いた汚れのない白衣を身に着けている。彼は院長秘書が置いていった湯飲みを手に取り、一口啜った。

「永山春佳さんが母を殺していないというのは、何か確証があってのことか。それともただの身贔屓《みびいき》かね?」

櫻登は仁史の問いかけに、桜崎に答えたのと同じことを言った。

「春佳さんは人を殺すようなひとじゃありませんから、ってのは根拠が弱いでしょうか」

「やはり身贔屓にしか聞こえないね」

「でも、そうなんです。春佳さんは、殺していません。院長先生は春佳さんに会ったことがありますか」

「いや、ない。家を出た後、母は私たち子供とは一切会わなかったし、連絡も取らなかった。完全に絶縁していたんだ。だから永山春佳さんにも会ったことはない。そんなことより、春佳さんが犯人でないとしたら、誰が母を殺したのかね?」

「わかりません」

櫻登は即答する。

「まだ何もわかっていないんです。だからこそ、来宮莿子さんと春佳さんのことをもっと知りたいんです」

「だからといって、こうも単刀直入にぶつかってきて、私が素直に協力すると思ったのかな？」

「思いませんでした。茉莉さんにも『いきなり訊いたって、答えてくれるわけないでしょ』って言われました」

「茉莉さん？」

「知り合いです。でも他に方法が思いつきませんでした。時間をかけていいなら何度かこの病院に慰問に来て、院長先生の信用を得てから少しずつ来宮萠子さんのことを尋ねたりできると思います。でも僕には時間がありません。だから、こうしてお訊きしました」

「時間がない、というのは？　誰かに期限を切られているのかね？」

「はい、桜崎さんに」

「桜崎、というと？」

「桜崎真吾さんです。俳優で名探偵」

「ああ、あの桜崎先生か。我が家とも浅からぬ縁がある方だ」

「そうなんですか」

「私も妹の美里もお世話になったことがある。君は桜崎先生とどんな関係があるのかね？」

「今は助手をしています。僕が調べて、桜崎さんが考えるんです」

「では、母の件も桜崎先生が？」

「考えてくれることになってます」

「そうだったのか。それを早く言ってくれ」

「早く言うと、何か違ってきますか」

「当然だ。桜崎先生の依頼なら無下《むげ》にはできない。ちゃんと話を聞こう……と言いたいところだが」

仁史は腕時計で時間を確認する。

「私はこれから会合に出なければならない。君も、もうすぐ出番だろう？　日を改めて話を聞かせてもらえないか」

「いつならいいですか」

「そうだな……」

内ポケットから手帳を取り出すと、仁史はそれを捲りながら、

「……明後日、どうだ？」

「一日空いてます」

「では十三時に私の家に来てくれ。妹にも引き合わせよう」

仁史は手帳にボールペンを走らせ、そのページを破って櫻登に渡した。住所が書き記さ

れていた。櫻登は言った。

「院長のお父さんもいらっしゃいますか」

「父？　ああ、父もいるが、どうして？」

「お父さんなら来宮蒴子さんの友達のことを知っているかもしれないと思って」

「それはどうかわからないな。それに、父はあまり母のことを話したがらない。昔からそうなんだ。だから期待はしないでくれ」

「はい、期待はしません。希望は持つけど」

「……面白い言いかたをするね、君は」

仁史は少し笑った。

「じゃあ、子供たちを笑顔にしてきてくれ」

「はい」

櫻登は立ち上がり、一礼して院長室を出た。

8　村尾兄妹《むらおきょうだい》

村尾邸は目黒《めぐろ》区洗足《せんぞく》にあった。槍のような鉄製のフェンスに囲まれた白い建物。規模は小さいがなぜか篤志館に似ていた。

十三時ぴったりにインターフォンを押して名前を告げると、屋敷から紺色のワンピースを着た中年の女性が出てきた。

「永山様でいらっしゃいますね。お待ちしておりました」

凛《りん》とした声で言い、重々しい門扉《もんぴ》を開ける。櫻登《はると》が中に入るとすぐに門を閉め、屋敷に向かって歩きだした。

その後ろについていきながら、櫻登は言った。

「すごくベテランそうに見えるけど、ここで仕事を始めて間《ま》がないみたいですね」

「え?」

女性が立ち止まる。

「どうして、ですか」

「さっき門の鍵を開け閉めするのに、少し戸惑ってました。あ、でもあの門ってまだすごく新しいですよね。もしかしたら新しすぎて慣れてないのかな？」

「正解は、後者です」

女性は答えた。

「門は一昨日《おととい》付け替えたばかりなので」

「そうかあ。僕はやっぱり桜崎さんにはなれないな」

「桜崎さん？」

「僕の師匠。跳躍力の天才」

「高跳《と》びの選手でいらっしゃるのですか」

「高跳びではありません。僕は芸人です」

「……はあ」

女性は困惑した表情で首を傾げ、それから思い直したようにまた歩きだす。

玄関前には三段の石段があり、その脇になだらかなスロープも作られていた。女性が玄関ドアを開けると、広いエントランスになっている。見上げると高い吹き抜けになっていて、正面の高窓にはステンドグラスが嵌められていた。

「教会みたいだ」

櫻登が感想を口にしたが、女性はもう何も言わなかった。靴のまま中に入ると、すぐ左脇にある部屋に案内した。

「しばらくお待ちください」

一礼して女性が去った後、櫻登は部屋の中を見回した。石の床にオーク材らしい腰板、その上は白い壁紙が貼られている。天井には燭台《しょくだい》を象《かたど》ったガラスのシャンデリアが吊《つ》るされ、光を放っていた。木製のテーブルと椅子が置かれ、壁には暖炉《だんろ》風の棚と大きな鏡がある。ここがこの屋敷の応接室らしい。

ひととおり眺めた後、櫻登は部屋を出た。エントランスに立ち、再びステンドグラスの窓を見上げる。赤、青、緑、様々な色のガラスが組み合わされ、絵画《かいが》のように彩《いろど》られている。描かれているのは花と葉、その間を飛ぶ蜻蛉《とんぼ》や蝶《ちょう》だった。

「もう少し遅く来るとよかったのに」

不意の声に視線を下ろす。いつの間にか櫻登の前に女性がいた。

「今の時期なら午後四時過ぎになれば、あのステンドグラスから陽《ひ》が差して、そこの壁に光で絵を描くの。なかなかきれいよ」

黒とも赤ともつかない色合いのブラウスを着て首に紫のスカーフを巻いていた。下半身にはマスタード色のブランケットを掛けている。艶《つや》やかな髪は軽いウェーブがかかっていて胸元まで伸び、白磁《はくじ》のような顔を深紅《しんく》のルージュが引き立てていた。

「座ったままでごめんなさい。わたし、立てないので」

女性は唇の端で微笑んだ。両側に車輪のついた椅子はフレームが黒く優美なデザインで、病院で見かけるようなものとは違っていた。

「村尾美里さんですか。来宮萠子さんの長女で、バイオリニスト」

「そう。あなたは永山櫻登君？」

「そうです。きれいですね」

「わたし？」

「そうです」

「ありがとう。お世辞なら聞き慣れてるけど、そうじゃないみたい」

美里は車椅子を前に進める。

「あのステンドグラスは祖父がこの家を建てるときにティファニーの工房に依頼して作らせたそうよ」

「ルイス・ティファニー？」

「そう」

「へえ」

櫻登はあらためて窓を見上げた。

「こういうのを家のひとだけで独占するのって、すごいですね。美術館とかにあれば、みんなが見られるのに」

「こういうものは、もともと個人が所有するために作られたの。絵画だって同じ。金持ちがパトロンになって画家に描かせる。音楽だって王侯貴族が自分の楽しみのために作らせて演奏させたものでしょ」

「美里さんの音楽もですか」

「わたしのバイオリンは、違うわ。今まで誰かに独占されたことはない。されたくもなかったけど」

「みんなに聴かせたいってことですか」

「いいえ。わたしの音楽は、わたしだけのものなの。誰かに聴かせていてもね。ところで櫻登さん、あなた、お母さんの無実を証明したいんですって？」

「そうです。春佳さんが来宮萠子さんを殺したんじゃないってことを立証したいんです」

「お母さんがやったことじゃないとしたら、じゃあわたしの母は誰に殺されたの？」

「わかりません。それがわかったら春佳さんの無実も証明できます」

「じゃあ、犯人捜しをしたいのね？」

「したいです」

「真犯人が見つかったら、どうする？　親の仇《かたき》を討《う》つ？」

「仇？　どうしてですか。犯人が殺したのは来宮さんです。春佳さんは自分で命を絶ちました」

「でも、母の死が結果的にあなたのお母さんを死なせたんじゃないかしら?」

「それは……どうなんだろう?」

　櫻登は考え込む。

「……なんだか違う気がする。春佳さんが自殺したのは、春佳さんが死にたいと思ったからです。犯人のせいじゃない」

「……そうなの」

　美里は感じ入ったように頷く。

「あなたは、そう思うのね」

「春佳さんも、そう思ってたはずです。あのひとは、そういうひとでした」

「あなた、面白いひとね」

「みんなにそう言われます。僕は面白い人間になりたいからいいけど。質問していいですか」

「何を訊きたいの?」

「美里さんは全然歩けないんですか。それとも補助のために車椅子を使っているんですか」

「下半身は麻痺《まひ》してて、まったく動かないわ。車椅子なしでは移動は無理」

　美里はブランケットの上から自分の膝《ひざ》を叩く。

「普通のひとなら、そんなこと無遠慮《ぶえんりょ》に訊いてこないわね。ちょっとびっくり」

「すみません。謝ります」

「本心から謝ってるようには見えないけど。まあいいわ。わたしからも訊いていい？　春佳さんは、どんなひとだった？」

「優しくて厳しくて賢くて面白いお母さんでした、って小松さんには答えました」

「小松さんって？」

「来宮莂子さんと仕事をしていた編集者です。春佳さんはどんなお母さんだったかって訊かれました」

「お母さんとしてではなくて、人間としてどうだった？」

「人間として……」

櫻登は少し考えてから、

「……きっと、誰も信じてないひとだったと思います。仕事で付き合っていたひとたちも、僕のことも、それから自分のことも」

「そんなに疑心暗鬼《ぎしんあんき》なひとだった？」

「違います。僕が中学の頃に春佳さんが言ってたんですけど『他人を信頼するというのは、そのひとに頼ることだ。勝手に頼って裏切られたと嘆《なげ》くくらいなら、最初から頼るな。信頼するな』って」

「結構シビアね。そういう考えに至った理由があるのかしら？」

「わかりません。春佳さんは僕に昔のことは何も話してくれませんでした。自分の両親のことや、来宮萠子さんが育ての親だってことも桜崎さんのところで働いていたってことも、それから僕の父親が誰なのかも教えてくれなかった。だから僕は、そういうことを調べてるんです」

「お父さんのことも知らない？　本当に？」

「知りません。面白いですよね。何も知らないのに僕はこうしてここに生きている。生きているのに何も知らない」

櫻登が言うと、美里の表情が少しだけ崩れた。泣きそうな顔になりかけた。

「……ごめんね。わたしは――」

「遅くなってすまない」

声がした。美里はすぐに表情を戻す。仁史が姿を見せた。後ろに先程の女性がポットとカップを載せたトレイを手に立っている。

「どうしたふたりとも？　ここで何をしていたんだ？」

「ステンドグラスの説明をしてたの」

美里が答える。

「櫻登君、興味があるみたい」

「それなら祖父のコレクションを見せてあげたらいい。ガラス工芸品が他にもいくつかあるから。だが、こんなところで立ち話もなんだ。茶でも飲もう」

最初に案内された応接室に戻り、椅子に座る。美里は手助けされることなく自分で部屋に入ってきてテーブルの前に着いた。女性が三人の前にカップを置き、ポットから湯気の立つ紅茶を注いだ。

「ありがとうございます。……えっと、名前を訊き忘れてました」

「篠崎《しのざき》と申します」

女性は短く言った。

「そうですか。ありがとうございます、篠崎さん」

「屋敷に入ってくるなり、篠崎に話しかけたそうだね。ベテランに見えるけど新米じゃないかと」

仁史がカップを手にしながら、言った。

「あら、どうしてそう思ったの？」

美里の質問に、櫻登は先程の推理を話した。

「篠崎さんが新人なんじゃなくて門のほうが新しかった。だから僕は間違っていた。そう思ってました。でも、今は違います」

「違う？」

「やっぱり篠崎さんは新人です。まだ院長先生と美里さんの紅茶の好みを知らない。だからふたりとも使わないレモンを持ってきた」

櫻登はスライスしたレモンを載せた小皿を指差す。

「それは、あなたのためのものかもしれないわよ。あなたが紅茶にレモンを入れるかどうかわからないから、とりあえず持ってきたのかも」

美里の反論に、櫻登は首を振る。

「だったらレモンは一切れでいい。でもここには三切れあります。人数分です」

「いつもわたしもレモンを入れてて、今日はたまたまその気じゃなかったのかも――」

「それくらいでいいじゃないか」

仁史が彼女の言葉を抑《おさ》えた。

「私も妹もレモンは入れない。そして篠崎さんは半月前にここに来たばかりだ。どうして櫻登君に嘘をついた？」

「申しわけありません」

篠崎は深々と頭を下げた。

「その……この方に図星《ずぼし》を指されて、ちょっとびっくりしてしまって、不慣れなところがばれてしまったのが恥ずかしくて、それで……申しわけありませんでした」

「謝ることはない。櫻登君が不躾《ぶしつけ》だったのが悪いんだから。そうだろ、櫻登君？」

「そう、だと思います。ごめんなさい」

櫻登は立ち上がり、篠崎に向かって頭を下げた。

「いえ、そんな、謝っていただかなくても……」

篠崎はさらにうろたえる。

「篠崎、もう下がっていい」

仁史が言う。篠崎が出ていった後、いきなり美里が笑いだした。

「本当に面白いわ、櫻登君って。ユニークね」

「なぜか素顔のときのほうが面白いって言われることが多いです」

「素顔って……ああ、あなたピエロをしてるんだったわね。ジャグリングっていうのかしら、ボールとかをくるくる」

「道化師のときも面白かった。病院の子供たちが大笑いしていたそうだ」

仁史も微笑みながら紅茶を啜る。

「君にはエンターテイナーの素質があるな。きっと成功するよ」

「ありがとうございます。あの、ひとつ訊いてもいいですか」

「君の『訊いてもいいですか』は恐ろしいな。突拍子《とっぴょうし》もない質問がくる。何かね？」

「どうして門を取り替えたんですか」

「鍵が替えられなかったからよ。構造上、門ごと取り替えなきゃならなかったの」

美里が答えた。

「どうして鍵を替えたかったんですか」

「いささか古くなって鍵が回りにくくなったのでね」

今度は仁史が機先を制した。

「この屋敷も古くなった。だから少しずつ手直ししているんだ」

「家の鍵も全部取り替えたの」

またも美里が口を挟む。仁史が妹に視線を向けた。しかし彼女は兄を無視して続ける。

「こっちはドアごと替えなくてよかったわ」

「他も取り替えてるんですか」

美里が答える前に仁史が言った。

「内装とか、いろいろとね。しかし君が知りたいのは、この屋敷のリフォームの進捗《しんちょく》状況ではないだろう?」

「そうですね。僕が知りたいのは、拓斗さんのことです」

一瞬、仁史と美里の動きが止まった。

「……拓斗のことを知っているのか」

「知りません。院長先生と美里さんの下に拓斗さんという兄弟がいたってことしか。今はどうしているんですか」

「弟は、死んだよ」

仁史が答えた。

「もう二十年も前だ」

「美里さんと一緒に事故に遭《あ》ったんですか」

「違う。別の事故だ。交通事故でね。君が知りたいのはそういうことなのか。違うだろう？　母の友人のことではないのかね？」

「それももちろん、そうです。何かわかりましたか」

「いや、母が残していったものを調べてみたが、あの女性に関するものは何も見つからなかった。残念だが手掛かりはないよ」

「だったら村尾尚也さんは何か知らないでしょうか。訊いてみたいんですが」

「父に会いたいのかね？」

「はい。会いたいです」

「そう言うと思ったよ。君のことは父にも話した。父も君に会ってみたいそうだ」

「本当ですか」

「ただし、父は体調があまりよくない。長い時間は話せないだろう。そのことは承知しておいてくれ」

そう言って仁史は、カップを持った。

「これを飲んだら、父の部屋に行こう」

9　魔物の虜《とりこ》

村尾尚也の部屋は屋敷の二階奥にあった。綴《つづ》れ織りのカーテンに閉ざされた室内はガラスシェードのランプの明かりだけで薄暗い。毛足の長い絨毯《じゆうたん》が敷かれた床を歩くと、足が沈み込みそうだった。部屋の隅に置かれたライティングデスクや書棚も年代物のように見える。

アンティークに統一された室内で唯一調和を乱しているのは、壁際に置かれたベッドだった。病室で見かける無愛想な鉄製で、背部が少し起こされている。

ベッドの傍《かたわ》らでスツールに座っていた中年の女性が立ち上がり、仁史に一礼した。篤志館にいた看護婦たちと同じようなナース服を着ている。

「ご容態に変化はありません」

女性はそう言い、部屋から出ていった。

ベッドに横たわる老人が、部屋に入ってきた者たちに眼を向けた。元は恰幅《かつぷく》がよかったのだろう、頬の皮膚が弛《たる》んで鰓《えら》のようになっている。髪はまばらに生《は》えているだけ。髭はきれいに剃り上げているようだった。眼には力がなく、唇だけが妙に赤く濡《ぬ》れている。

「父さん、永山櫻登《はると》君だよ」

仁史が声をかけると、その唇が無音の言葉を発するように動いた。

櫻登はベッドの傍らに立ち、頭を下げた。

「はじめまして。永山櫻登です。永山春佳の息子です」

「そうか、君が、永山春佳の、子供か」

とぎれとぎれに尚也が言う。

「そうです。でも春佳さんは来宮萠子さんを殺していません。僕はそう思っています」

櫻登が言うと、尚也の眼が少し見開かれた。

「……そう、か。面白いな。では、誰が殺した?」

「それを調べてます。話を聞かせてもらってもいいですか」

「私は、殺していないぞ。アリバイがある」

尚也がそう言って、笑顔を作る。

「萠子が死んだというニュースを、私は病院で聞いた。その一週間前から、入院していたんだ。仁史、おまえはどうだ?」

「え?」

「アリバイ、だ」

「何を言いだすかと思えば」

仁史は苦笑する。

「私も鉄壁のがありますよ。あの頃はスペインに行ってました。母が殺されたときはちょうど、学会で報告していましたよ」

「だ、そうだ」

尚也は薄く笑って見せる。

「そもそも、蒴子のことは、もう、何とも思っておらん。今更、殺しても、しかたない」

「来宮蒴子さんのことは、恨《うら》んでいないんですか。尚也さんや子供たちを捨てて出て行ったんですよね」

「……ああ。あの女は、家族より小説を、選んだ。腹が立ったが、しかたない」

「書いた小説が賞を獲った後、母は作家として続けていきたいと言った。しかし父は許さなかったそうだ」

仁史が代わりに答えた。

「父は母に普通の妻、普通の母親でいてほしかったんだ」

「小説を書くと、普通の奥さんやお母さんではなくなるんですか」

「昔は今とは違う。男が働き、女は家を守るのが正しい姿だったんだ。それを母は拒否した」

「あいつは、魔物に魅入《みい》られたんだ。小説という、魔物の虜《とりこ》になった」

尚也が言った。

「そして、あいつも魔物になった。この家には住めない」

「小説を書くくらいで、魔物になるんですか」

櫻登が問いかけると、尚也は骨張った手で喉元《のどもと》を撫でながら、

「君は、何かを作ったことが、あるか。一から何かを、創作したことがあるか」

と、尋ねた。

「ないです。オリジナルの技を考えたいと思ったことはあるけど、まだ作ったことはないです」

「創作する者は、その世界に行ってしまう。現実を忘れる。魔物だ」

「そうかなあ。でも――」

「櫻登君、君が訊きたいのは創作論ではないだろう」

仁史が遮った。

「あまり時間をかけたくない。要点だけ訊いてくれないか」

「いいんだ、仁史」

今度は尚也が息子の言葉を遮る。

「なかなか、面白い若者だ。大丈夫、この子と話すだけの体力は、ある。創作論は、苦手

だが。櫻登君、君は蒴子に会ったことが、あるか」

「いいえ。一度も会ってません」

「そう、か。死ぬ前はどんなだったか、訊きたかったが」

「さっき『蒴子のことは何とも思ってない』って言ってたのに」

「それとこれは、別の話だ。恨み辛《つら》みはないが、興味はある。蒴子の書いた小説も読んでいる。私にはつまらないものばかり、だったが。君のお母さんは、小説を書いていたのか。週刊誌に、そんなことが書いてあったが」

「あれは嘘です。春佳さんは契約書とか定款とかの翻訳の仕事はしてたけど、創作はしてませんでした」

「それは、よかった。同じ仕事をしていたら、あの女の近くにいるのは辛かっただろう」

「どうしてですか」

「他人の創作に対しては、激烈な批評をする。新人賞を獲ったとき、自分を選んでくれた選考委員の作家たちの作品を、あいつはひどく貶《けな》していた。あんなものを書く人間が、自分の作品を評価できるとは思えない、と。評価できるから選んでもらえたのだろうと言ったら、すごく嫌そうな顔をしていた」

　そのときのことを思い出したのか、尚也は皮肉っぽい笑みを浮かべた。そして息子に言った。

「コーヒーが欲《ほ》しい。持ってきてくれ」

「刺激のあるものは、やめておいたほうが」

「あと何杯飲めるかわからない。飲みたいときに飲ませてくれ」

仁史は言い返そうとしたが、諦《あきら》めたように部屋を出ていった。ドアが閉まるのを確認してから、尚也は体を起こした。

「最近は息子も、私の言うことを聞いてくれるようになった。病気も悪いことばかりではないな」

声にも少し張りが出る。

「死にかけみたいなの、演技だったんですか」

櫻登が尋ねると、

「いや、ついこの前まで実際に死にかけていたんだ。今日は昨日より気分が良くなっただけだよ。それでも、あと十年くらいしか生きられんかもしれん。いや、あと二十年くらいかな」

そう言って、尚也は微笑んだ。

「どうして具合が悪そうに見せかけてるんですか」

「君とふたりきりになりたかったからだ。仁史が戻ってくるまで時間がない。手短に話そう。君は萠子の友達のことが知りたいんだろう?」

「そうです。知ってますか」

「詳しくは知らない。蒴子が教えてくれたのは名前と、以前に住んでいたところだけだった」

「それを教えてください」

「相楽《さがら》蕾《つぼみ》というらしい。結婚して永山蕾になった」

「蕾……ああ、そうか」

「どうした？」

「蒴子さんのエッセイにあった言葉。『蕾は遂に花開くことなく果敢なくなったが、わたしにはその裔を見守る務めがある』って。あの蕾は何かの比喩《ひゆ》じゃなくて、友達、つまり、春佳さんのお母さんの名前だったんだ」

「よくわからん話だが」

「蕾ってひとは、どこに住んでいたんですか」

「実家は向島《むこうじま》だそうだ。向島百《ひやっ》花園《かえん》の近くに住んでいたと言っていたな。私が知っているのは、それだけだ」

「わかりました。ありがとうございます。もうひとつ訊いてもいいですか。どうしてこのことを仁史さんに知られたくないんですか」

「それは――」

言いかけたとき、ドアノブが回る音がした。咄嗟《とっさ》に尚也はベッドに倒れ込む。

「持ってきましたよ、コーヒー。ミルクだけで砂糖抜きでよかったんでしたね」

湯気の立つカップをベッド脇のテーブルに置く。

「ありが、とう」

尚也はふたりきりで話していたときとは違う掠《かす》れた声で言い、覚束なさそうに体を起こそうとする。それを仁史が介助した。

「すまんな」

尚也はカップを手に取り、ゆっくりとコーヒーを啜る。

「……美味《うま》い。少し寿命が延びた」

半分ほど飲んでから、またベッドに横たわる。

「そろそろいいだろう」

仁史が櫻登を促《うなが》した。

「あとひとつだけ、訊きたいんですけど」

櫻登が言うと、尚也がかすかに首を振った。櫻登は仁史に気付かれない程度に頷き、言った。

「尚也さん、創作してたんですよね？　魔物に魅入られてたことがあるんですよね？」

尚也は一瞬重病人の演技を忘れたかのように眼を瞬《またた》き、それから、ふっと力を抜いたように笑みを浮かべて、言った。

「若い頃のことだ。私は魔物になる前に逃げ出した」

「そうですか。ありがとうございます」

櫻登は一礼して部屋を出た。

「驚いたな」

廊下で仁史が言った。

「父が創作？　そんな話、聞いたことがなかった。どうしてわかったんだ？」

「魔物に遭ったことがあるひとの口振りだったからです」

櫻登は言った。

「だから来宮萠子さんが怖かったんですね、尚也さんは」

10　交通事故

櫻登《はると》が向島百花園を訪れたことは今までなかった。そもそも、そういう場所があることも知らなかった。調べてみるとこの時期はシュウメイギクやミヤギノハギという花が咲いているらしいが、それがどんな花なのか知らなかったし、そこまで調べることもしなかった。だから園の中には入らなかった。

百花園南側の住宅街を歩く。空は絹雲《けんうん》に半ば覆《なか》われていた。風はなく寒くもない。そぞろ歩きには絶好の日和《ひより》だった。

だが櫻登には目的があった。目印はオレンジ色の屋根。程なく見つかった。

屋根の色と真っ白な外壁のせいか、まわりの家々より目立っていた。建てられてそれほど年月は経っていないようだ。駐車場には黒いレクサスが停まっている。表札には「溝中」とあった。櫻登はインターフォンを押す。

——はい。

「電話しました永山櫻登です」

――あ、ちょっと待ってくださいな。

一分も経たずに玄関ドアが開いた。出てきたのは六十代の男性だった。半分ほど白くなった髪を長く伸ばしている。顔立ちはほっそりとしているが、耳が大きく左右に張り出していた。グレイのシャツの上に手編みらしいアーガイル柄のベストを着ている。

門の前まで来た男性に、櫻登は一礼した。

「はじめまして。永山櫻登です。溝中晋一郎《みぞなかしんいちろう》さんですか」

「そうです。ようこそいらっしゃいました。お入りください」

溝中晋一郎は櫻登を招き入れる。家の中はごく平凡だった。客間に通されると、彼と同い年くらいのふくよかな女性がお茶を持ってきた。

「家内です」

晋一郎が紹介する。紫色のニットに夫と同じ模様のベストを着込んでいた。髪は染めているのか白髪《しらが》は見えないが、鳥の巣のようにもじゃもじゃとしている。櫻登は言った。

「奥さんの旧姓が相楽なんですね？」

「はい、相楽光恵《みつえ》です」

女性が答える。細い眼が微笑むとさらに細くなった。

「あんたが蕾さんのお孫さんですか。たしかに面影《おもかげ》があるわねえ」

「僕、蕾さんに似てますか」

「似てますよ。眼から鼻にかけての感じとか。あんたは蕾さんに会ったことはないんですか」

「ありません。でも写真は見つけました」

スマホに来宮萠子と一緒に写っている画像を表示して光恵に見せる。

「まあ、若い頃のですか。そうそう、こっちの子、たしかに蕾さんです」

晋一郎もスマホを覗き込んだが、曖昧な表情をするだけだった。

「ご主人は蕾さんに会ってないんですか」

「このひとと結婚する頃にはもう、この世にいませんでしたから」

光恵が答える。

「蕾さんのことを教えてください。蕾さんが僕のお祖母さんだって知ったのは、つい先日なんです。このあたりに実家があったという情報しか聞いてません。ネットで検索しても相楽という苗字《みようじ》のひとがここに住んでいるという情報は見つかりませんでした。でもいろいろ調べているうちに、七年前にこのあたりでドラマのロケがあって、そのスタッフがブログにそのときのことを書いているのを見つけました。真冬で寒かったときに近所に住んでいるお婆《ばあ》さんが俳優やスタッフに温かいお茶を差し入れてくれたと。そのお婆さんの名前が相楽道子《みちこ》さんだったと書かれてました」

「わたしの母です。七年前なら、まだ元気でした」

「話し好きなお婆さんで、自分の家のことをいろいろ喋ってくれたそうです。今は娘夫婦と同居しているけど、家が古くなったからそろそろ建て直そうと思っているとか。孫がとてもかわいいとか」

「お義母《かあ》さん、孝道《たかみち》を溺愛してたからな」

晋一郎が言った。

「そのブログに道子さんがお茶を入れて持ってきた青い水筒の写真が載っていました。それにはマジックで『MIZONAKA』と書かれてました」

「それで、うちのことがわかったんですか」

「向島に時計修理をしている溝中というひとがいることは、簡単にわかりました。それで電話をしました。この家で仕事をしているんですか」

「そうです。しかしよく調べられましたなあ」

「そんなに難しいことじゃないです。跳躍力も要らないし」

「ちょうやく?」

「跳躍力があれば、ふたりが着ているベストを編んだのがご主人のほうなのか奥さんのほうなのか、すぐにわかるんです」

「ああ、これですか。どっちでもありません。息子の奥さんが編んでくれたんですよ」

晋一郎は微笑んだ。

「その喋りかたも蕾さんにそっくり」

光恵が感心したように、

「女のくせに理屈っぽいって、よくお祖父さんから怒られてました。本を読んでばかりいるから、そんなふうになったんだって」

「光恵さんのお父さんが、蕾さんのお兄さんなんですね？」

「そうです。相楽周蔵《しゅうぞう》といいました。もう十五年も前に亡くなりましたけど」

「光恵さんは、蕾さんのことをよく知っているんですか」

「はい。わたしとは十一歳離れてましたけど、よく遊んでくれましたから。優しくてきれいで、お人形さんみたいなひとでしたよ」

「本が好きだった？」

「よく読んでました。詩集とか小説とか。わたしにも本を貸してくれました。今でも中原《なかはら》中也《ちゅうや》とか萩原朔太郎《はぎわらさくたろう》とか宮沢賢治《みやざわけんじ》とか、そのときの影響で好きです」

「蕾さんが結婚したのは、いつですか」

「いつだったか……たしか、わたしが十二歳のときだから……」

「なら一九六八年だな。昭和四十三年」

晋一郎が代わりに答えた。

「そうそう。そんな頃だったわ」

「結婚相手は何というひとですか」

「永山靖之《やすゆき》さんです。蕾さんより五つ上でしたか」

「どうやってふたりは結婚したんですか」

「お見合いです。靖之さんは銀行勤めで、堅いひとでした。それでお祖父さんが気に入って結婚させたんです」

「蕾さんの意思で結婚したんじゃないんですか」

「あの頃はまだ、親が相手を決める結婚が多かったですからね。でも、蕾さんも靖之さんのことを気に入ってたと思いますよ。花嫁衣装が出来てきてお披露目《ひろめ》で家に飾られたのを見に行ったんですけど、そのときに蕾さん、幸せそうにしてましたから」

「結婚することと結婚相手を好きになることは、別かもしれません」

櫻登が言うと、光恵は少し驚いたような顔をした。

「それは……どうでしょうかねえ。とにかく結婚式は盛大でしたよ。蕾さんの文金高島田《ぶんきんたかしまだ》も素敵《すてき》でした」

「結婚してから蕾さんと靖之さんはどこに住んでたんですか」

「高田馬場《たかたのばば》でした。靖之さんが家を建てて、そこにふたりで住んで。三年後に娘さんが生まれて」

「春佳さん、ですか」

「そうです。春佳ちゃん。それがあなたのお母さん?」

「そうです。春佳さんには会ったことがありますか」

「もちろん。かわいい女の子でしたよ。ほっぺが赤くてねえ。蕾さんも、あの子の成長をずっと見守っていたかったでしょうねえ」

「それはつまり、早くに亡くなったということですか」

「春佳ちゃんが生まれた翌年に。もともと体の丈夫なひとではなかったんですけど、出産のときに無理をしたみたいで、ずっと寝込んでいて、そのまま……」

光恵は俯《うつむ》いて、

「見舞いにいくたびに窶《やつ》れていくのがわかって、わたしも辛かったです。それを見せるのが嫌だったのか、靖之さんが見舞いを断るようになって、それから程なく亡くなりました」

「その後、春佳さんと靖之さんはどうなりましたか」

「春佳ちゃんは靖之さんが男手ひとつで育ててました。でもわたしたち相楽の家の者とはあまり付き合わなくなって、蕾さんの三回忌《き》以降はぷっつりと縁が切れてしまいました。わたしも春佳ちゃんのことが気がかりでしたけど、家に行こうとすると父から止められました。『靖之さんがいい顔をしないから行くんじゃない』って。その後はふたりに会ったことはありません」

「靖之さんは今でも高田馬場に住んでいるんですか」

「いいえ。とっくに亡くなってます。いつだったかしら……たしか、東京ディズニーランドができた年だったかしらねえ」

「それなら一九八三年だ。昭和五十八年」

またも溝中が答える。

「そうそう、それくらいの頃」

「病気で亡くなったんですか」

「そうじゃなくて、ベランダから落ちたんです。洗濯物を干しているときに足を滑《すべ》らせたとかで」

「自分の家のベランダから、ですか」

「そうですそうです。首の骨を折って。酷《むご》いことです」

光恵は顔を顰《しか》めた。

「その後、春佳さんがどうなったか知っていますか」

「両親を失くしてしまったから、誰かが面倒を見なきゃならないでしょ。でもね……」

「誰かというのは、私らしかいなかったんです」

「周蔵さんのところは?」

「それが、経済的なことで問題が、ありました……」

言いよどむ妻を助けるように、晋一郎が言った。

「だが私らも結婚したばかりでね、金もなかった。その上光恵は孝道を身籠《みご》もっていたし、春佳ちゃんを育てる余裕なんてなかったんだよ」

「ごめんねえ、見捨ててしまって」

光恵は頭を下げる。櫻登は言った。

「どうして謝るんですか。別に悪いことなんかしてないのに」

「でも……」

「育てられないから育てられないとはっきり言ったんですよね。全然問題ないです。それに春佳さんを引き取ってくれるひともいたわけでしょ？」

「ええ、蕾さんのお友達というひとが」

「来宮萠子さん」

「そうです。有名な小説家さんです。自分が育てるからと全部の手続きをして、春佳ちゃんを引き取っていかれました。正直、ありがたかったです。でも、それが結局あんなことになるなんて……」

「あんなことって？」

「春佳ちゃんが来宮さんを殺したって……」

「春佳さんは来宮萠子さんを殺していません」

櫻登が言うと、光恵は悲しむような困惑するような、複雑な表情を見せた。

「そう、ですか。まあ、息子さんがそう信じたいというのはわかりますけど……」

「そのことを証明したいんです。だからいろいろと調べているんです」

「気持ちはわかっています」

　晋一郎が言った。

「あなたが電話でそう仰ったとき、そういうことなら知っていることを全部話そうと決めました。妻にも全部話すようにと言いました。それであなたが納得できるなら」

「納得はするつもりでいます。僕は春佳さんが来宮さんを殺したんじゃないと思ってますけど、調べてみたら本当は春佳さんが殺していたことがわかるのかもしれない。『先入観は捨てるべきだ』って桜崎さんにも言われたし」

「桜崎さん？」

「桜崎真吾。僕の師匠。跳躍力の天才です」

「体操選手ですか」

「違います。跳躍して真相に辿り着くひとです。僕の希望は春佳さんの無実を証明することだけど、真相が逆だったとしても、それはそれでしかたないと思います」

「なんだか難しい話ですね」

「いえ、単純な話です。来宮萠子さんに引き取られてから、春佳さんには会ったことがありますか」

「え？　えっと、いいえ」

急に話題を引き戻され、光恵と晋一郎は困惑気味に首を振った。

「あれ以来、春佳ちゃんには一度も会ってません」

光恵が言うと、櫻登は尋ねた。

「来宮萠子さんは、意識的にあなたたちに春佳さんを会わせないようにしていたんでしょうか」

「それは……どうなんでしょうねえ。わたしたちもあえて春佳ちゃんに会おうとはしなかったから」

「やっぱり負い目があったんですよ。あの子を引き取れなかったっていう」

晋一郎が言った。

「忘れようとしていたのは、事実です」

「春佳さんが引き取られてから来宮萠子さんが殺されるまで、ふたりのことで何か知っていたり聞いていたりすることはありませんか」

「来宮さんが新刊を出したとか賞を獲ったとか、そういうニュースは見ましたが、春佳ちゃんのことは……」

晋一郎が腕組みをする。

「……やっぱり、聞いてないですねえ」

「……そうそう、思い出した。あれから一度だけ、来宮さんに会いました。ほら、何年か前のクリスマスの」

と光恵が夫に言う。

「クリスマス……ああ、あれか。一九九八年、平成十年だったが……あれは、思い返しても酷かったな」

晋一郎の表情が暗くなる。

「何があったんですか」

「正確にはクリスマスの少し前でした。表参道《おもてさんどう》で私ら家族三人で早めのクリスマスディナーというのを食べたんです。その帰り道、イルミネーションがきれいな道を歩いてました。あのときは大勢の人がいたなあ」

「だからあんな事故が起きたんですよ」

光恵が口を挟む。

「事故？　あれは殺人だぞ」

「殺人というと？」

「人であふれ返る歩道に車が突っ込んできたんです。なんかの病気で運転中に意識を失くしたんだったかな。そのまま暴走して。大勢の歩行者が撥《は》ねられました。私らのすぐ近くでね。あんなに酷い光景は見たことがない」

「しばらくわたし、怖くて眠れませんでした」

光恵が身を縮める。

「その事故だか殺人だかと来宮萠子さんと春佳さんが、どう関係するんですか」

「たまたま、その現場に来宮さんがいたんですよ。私らのすぐ近くに立ってました」

「わたしが気付いて、来宮さんに声をかけたんです。そしたらすごい怖い顔で睨まれました」

「そりゃ、あんな酷い現場を見たんだから仕方ないだろう」

「そうですけどねえ。わたしもあのときは、あんな怖い顔してたのかしらねえ」

「来宮萠子さんは何をしてたんでしょうか」

「さあ……私らと同じようにイルミネーションを見に来たんじゃないですか。あのときは私も気が動転していて、妻が話しかけている相手が来宮さんだとはすぐにわかりませんでした」

「来宮さんとは何を話したんですか」

光恵に尋ねると、

「何って……お久しぶりですとも言える場合じゃなかったですし、怖いですねえって言っただけで。その後はこのひとに促されて早々に現場から離れましたから」

そう言ってから、ふと思い出したように、

「そういえば、来宮さんの隣に女のひとがいました。若くて、お腹が大きくて。あれ、もしかして春佳ちゃんだったのかしらね」

「それは確かですか」

「確かかって言われると、わからないです。顔の下半分マフラーに隠れてたし。でも、来宮さんがそのひとの手を握って引っ張っていたと思います」

「その場から逃げるため、ですか」

「そうじゃないですか。身重の女のひとを、そんなところにずっと居させられませんものね」

「当たり前だ。さっさと逃げ出すのが当たり前だ。胎教《たいきょう》によくないだろう、あんなのは」

「大丈夫ですよ」

櫻登は言った。

「もしもそれが本当に春佳さんなら、お腹にいたのは僕です。そのときの影響は、多分ないです。うん、ないと思うな」

「……はあ、そうですか……」

晋一郎もどう反応したらいいのかわからないようだった。櫻登はかまわず言った。

「春佳さんかもしれない女のひとのこと、もっと何か覚えていませんか」

「そうですねえ……」

光恵は少し考えてから、

「……泣いてましたね」

「泣いてた？　どうして？」

「わかりませんけど、涙を流してました。『またなの？　どうしてあんなことしたの？』って泣きながら、来宮さんを見てました」

「事故の現場ではなくて、来宮葫子さんを見てたんですか」

「そうです。やっぱり怖い目付きでした。泣きながら睨みつけてたんですよ」


溝中家を辞した後、櫻登は近くのコーヒーショップでコーヒーを飲みながらスマホで検索を始めた。

表参道のクリスマスイルミネーションは現在でも行われているが、一九九八年までで一度中断されていたらしい。見物客が多すぎて近隣住民から苦情が出たことが理由だそうだが、その他に一九九八年に起きた交通事故も一因とされていた。

その年の十二月二十一日午後九時過ぎ、イルミネーション見物に訪れた人々であふれる歩道に乗用車が突っ込んだ。車は十数人を薙《な》ぎ倒し、レストランの外壁に衝突して停まった。運転していたのは五十歳の男性で心臓発作を起こしており、病院に搬送されたが亡くなった。撥ねられた通行人も七人が重傷を負い、うち四名が死亡している。

櫻登はさらにネットトを巡る。来宮蒴子とその事故とを関連づけているような情報は、どこにもなかった。念のため永山春佳でも調べてみたが、やはりない。

ふっ、と息をつき、コーヒーを啜る。少し考え、事故の詳報を探した。

事故を起こした車を運転していた男性の名前は山中敏夫《やまなかとしお》。衣料メーカーに勤めていたらしい。もともと心臓に持病を持っていて、治療も受けていたそうだ。ただ、こんな重篤《じゅうとく》な発作を起こすとは思われておらず、車の運転についても特に医師から注意はされていなかったという。

続けて被害者の情報を探《さぐ》った。最初に見つけた記事には載っていなかった事故についての詳細な報道を見つけた。

スマホのディスプレイの上を滑らせていた櫻登の指が、止まる。

事故で亡くなったのは女性が三人、男性がひとり。女性たちは逃げられずに立ち竦んでいたところを撥ねられ、男性はパニックを起こしたのか自分から飛び込むようにして轢《ひ》かれた、と目撃者が証言している。

記事には被害者たちの名前が書かれている。その中のひとりの名前を、櫻登はじっと見つめた。

村尾拓人(21)。

「むらお、たくと……」

11　情報収集

「村尾拓人じゃない、人《ひと》じゃなく北斗の斗、村尾拓斗だったんです」

櫻登《はると》は言った。

「新聞社の表記ミス。だから最初に人《ひと》じゃない『村尾拓斗』で検索しても事故の情報が見つからなかった」

彼の話を桜崎はパイプを燻《くゆ》らせながら聞いていた。この前訪れたときと何も変わらない室内。ミラージュは桜崎の膝に乗っていた。円城寺もいる。彼は部屋の片隅に立っていて、自分の腕の筋肉と炎のようなタトゥーを愛《め》でるように眺めていた。

「来宮莉子さんの息子があの事故で死んでいる。その現場に来宮さん自身もいた。これって偶然でしょうか」

「偶然だな」

桜崎は即答した。

「交通事故は偶発的に起きたものだ。そこに人為的介入の余地はない。彼らが事故に遭遇したのは偶然以外の何物でもない」

「僕が言いたいのは、そういうことでは――」

「来宮萠子と村尾拓斗の母子が同じ場所に居合わせたことなら、別に不思議でもない。彼らには交流があった、ということだろう」

「仁史さんと美里さんは来宮さんが家を出てってから会っていません。拓斗さんだけが会ってたんですか」

「それも不思議ではないな。村尾拓斗について何を知っている？」

「来宮萠子の次男。一九七七年生まれ。一歳のときに来宮萠子が村尾家を出ている。その程度です」

「中学二年のとき、拓斗は最初の補導を受けている。書店で漫画本を万引きした。その後も窃盗《せっとう》、未成年飲酒、暴行で数回、補導された。どれも大きな犯罪ではない。程度の低い不良だ」

桜崎は言った。

「君たちの世代の欠点は、ネットにない情報を見つけ出す能力に乏《とぼ》しいことだ。若《も》しくは、ネットで見つからないものは存在しないと見做《みな》している。まだまだ多くの記録は紙の上にしかない。これから先もネットに載らない重要な情報は生まれてくる」

「そういう情報を、どうやって見つけ出せばいいんですか」

「君は本を読むかね？」

「たまに」

「新聞は？」

「ニュースはネットで読みます。駄目ですか」

「ネットでは自分の読みたい記事か、向こうが押しつけてくる記事しか読めない。新聞を眺めれば自分が気付かなかったことも見えてくる。本も同じだ。多く読めば多く知る。情報を手に入れるのに一番有力なのはそうした活字媒体と、それから人間だ。人の頭にはデータベース化されていない情報が詰まっている」

「でも誰の頭の中に自分の欲しい情報があるか、わからないですよね」

「それは人を見ていないからだ。円城寺君」

「はい。お茶ですか」

「そこに立っているだけでいい。櫻登、君はこの男からどんな情報が得られるかね？」

「看護の知識、この病院の職員の噂話《うわさ》、どこでタトゥーを入れられるか、それから筋肉トレーニングの方法」

櫻登は列挙した。

「それと、スキューバダイビングのお勧めスポットとか」

「あれ？　俺がダイビングやるって話したっけ？」

「顔の真ん中に、うっすらと日焼けの痕《あと》が残ってます。ウェットスーツを着てたせいですよね」

櫻登に言われ、円城寺は部屋の片隅に掛けてある鏡を覗き込んだ。

「……ああ、まだちょっと残ってたか。よく見てるね。ちなみに俺のお勧めは宮古島《みやこじま》だな。あそこは海の透明度が抜群なんだ。それと石垣島《いしがきじま》、あ、式根島《しきねじま》もいいかな」

際限なく喋りつづける円城寺を無視して、櫻登は桜崎に視線を向ける。桜崎はパイプを口から離し、煙を吐いた。

「円城寺、村尾美里について君が知っていることを教えてくれ」

「美里お……村尾美里はバイオリニストとしては一流の下ですね。サラサーテの『カルメン幻想曲』を演奏させたら日本でもピカイチかもしれないけど。でもどっちかっていうとソロ向きかな。音にあんまり協調性がないから。本人の性格と同じ」

「美里さんを知ってるんですか」

櫻登の問いに円城寺は、

「まあね」

と意味ありげな笑みで答える。

「コンサートでなら三回くらい聴いたことがあるかな。ちなみに俺が好きなバイオリニストは断トツで五嶋《ごとう》みどり」

「バイオリン、好きなんですか」

「自分じゃ弾けないよ。でも聴くのは好きだな。楽器の中では一番好きだ」

「なるほど」

頷き、今度は桜崎に言った。

「でも、円城寺さんが美里さんを知ってるってこと、桜崎さんは前から知ってたんでしょ？」

「当然だ。しかし君も推理することはできた。そこに置いてある彼のバッグから覗いている『バイオリニスト・マガジン』の表紙に気付けばね」

桜崎は答える。

「櫻登、君の観察眼は悪くない。鍛練《たんれん》すればもう少し良いレベルにはなる。それに人との距離を縮める才能もある。君ならきっと、有能な詐欺師《さぎし》になれるだろう」

「探偵ではなくて、詐欺師ですか」

「似たようなものだ。それで、これから何を調べるつもりだ？」

「仁史さんと美里さんは拓斗さんが来宮萠子さんと交流があったことを知っていたかどうか。どうして拓斗さんだけが母親と縒《よ》りを戻したのか。永山靖之——僕のお祖父さんが亡くなったときの状況も知りたいです。それから、村尾尚也さんはどうして蕾さんのことを息子の前では話したくなかったのかも気になるかなあ」

「最後の疑問については村尾尚也や仁史ではなく、美里に尋ねるといい」

「そうですね。僕もそう思います。それともうひとつ、村尾さんの家はどうして家中の鍵を替えなければならなかったのか。これも美里さんに訊いたほうがいいかな」

「それなら――」

と円城寺がまた口を挟みそうになる。それを桜崎が手で制した。

「わたしからも問題提起をしよう。学生時代の萠子と蕾の関係について調べるべきだ」

「そうですね。いくら仲のいい友達だったからって、子供を引き取るっていうのは大変だったでしょう。自分の子供を捨ててきたひとが、どうして春佳さんを育てたのか」

櫻登のスマホが鳴った。ディスプレイには「元永社　小松」と表示されている。

「もしもし？　永山です」

――あ、小松です。お世話になっております。

「僕、小松さんにお世話をしたこと、ありませんよ」

――……ああ、そうですね。つい、いつもの癖で。それはともかく、前にお話しした渋谷署の知り合いから連絡がありまして。捜査一課の市河さん、春佳さんが面会を拒んでいるとあなたに伝えた刑事さん、話ができるそうです。

「本当ですか。いつ？」

――次の次の日曜日なら、ということなんですが、どうでしょうか。

「行きます。待ち合わせの場所と時間を教えてください」

――それは直接本人から訊いてください。電話番号を教えますので。

櫻登はスマホのメモアプリを開き、小松が告げた番号を控えた。

「メモしました。これから電話します。ありがとうございました」

――いえ、いいんですよ。それよりひとつお願いしたいことがあるんですが。市河さんと話した後で結構ですから、時間をいただけませんか。

「どんなお願いですか」

――それは、お会いしてからお話ししたいと思います。よろしいでしょうか。

「わかりました。ではまず市河さんとアポイントを取って、それからまた小松さんに連絡します」

――ありがとうございます。よろしくお願いします。では。

電話を切ると、桜崎が言った。

「市河警部補に会うのかね？」

「はい、これから連絡を入れます」

「ならば君のことを訊いてみるといい」

「僕のこと？」

「永山君が取り調べを受けているとき、君について何か言ったかどうか、だ」

桜崎はパイプから灰を掻き出しながら、言った。

「君にとって快適ではないことになるかもしれないが、知るべきだろう」

12 親子の情

顔を合わせるなり、櫻登《はると》は言った。

「眼鏡、替えましたね」

一瞬、市河は驚いたような表情になり、

「あ、ああ。先週にね。よくわかるな。一度しか会ってないのに」

「わかります。前のはもう少し細くて黒いフレームでした。でもスーツは同じ」

「一張羅《いっちょうら》なんだ」

市河は苦笑する。

渋谷駅近くのビル地下一階にあるカフェで待ち合わせた。立地のわりに店内は空《す》いている。

「ここは比較的ゆっくりできる店なんだよ」

説明するように市河は言った。

「会社を抜け出して一休みするには絶好でね」

「会社？」

「外では、そう言ってる。特に馴染みの店ではね。俺の職業を知ると大抵の人間は緊張するから、寛《くつろ》げなくなる。しかし君が副島《そえじま》課長と知り合いとは知らなかったな。いきなり『永山春佳の息子さんが会いたがっている』とか言われて焦《あせ》ったよ」

「僕は副島課長というひととは知り合いじゃないです。そのひとの幼馴染みの小松さんが話してくれたんです」

「なんだそれ。課長は幼馴染みに便宜《べんぎ》を図ったのか」

「よくないことでしょうか」

「公務員としてはな。しかしまあ、俺も課長には恩義があるし、それに終わった事件だしな。何を訊きたいんだ？」

「警察に逮捕されてからの春佳さんのことです。市河さんが担当してたんですよね？」

「ああ、ずっと俺が永山春佳さんの取り調べをしていた」

「春佳さんにどんな印象を持ちましたか」

「そうだな……静かだった。あんなに冷静な犯人は今まで見たことがないよ。感情を面《おもて》に出さなかった。これまで接してきた殺人犯は、みんなどこか感情的になったものだがね」

「犯人ではなかったから、ではないですか」

櫻登が言うと、市河は首を振った。

「冤罪《えんざい》ならなおさら、感情的になるはずだ。『自分は犯人じゃない』ってね。でも永山さんは来宮萠子殺害を否定しなかった」

「自分が殺したと言ったんですか」

「いや、罪状認否《にんぴ》については黙秘《もくひ》しつづけていた」

「一言も喋らなかったんですか」

「そうでもない。自分の名前とか家族のこととか、そういうことは話してくれたよ」

「家族って、僕のこと？」

「息子がいるとね」

「僕のことで何か言ってましたか」

「あまりに黙秘を続けるから、俺も業《ごう》を煮やして『息子さんのためにも本当のことを言ったらどうなんだ』と詰め寄った。そしたら永山さんは……」

「どうしたんですか。何を言ったんですか」

「……そう、永山さんは言った」

躊躇《ちゅうちょ》の後、市河は答えた。

「『櫻登のことは考慮に値《あたい》しない』と」

「考慮に値しない」

「気を悪くしないでくれ。そんなに冷たい言いかたじゃなかった。その、なんて言うか、冷静な物言いだったよ」

「わかります。そのときに春佳さんがどんな表情だったのかもわかるくらい、わかります」

　櫻登は言った。

「そうか。僕のことは考えなくてもよかったんだ。他に僕のことは言ってましたか」

「いや、それだけだった」

「そうですか。じゃあ来宮萠子さんについては？」

「育ての親だと言ってたな。犯行にまつわることは何ひとつ話さなかったが、その育ての親にはどんな気持ちを抱《いだ》いているのかと尋ねたら『気を許してはいなかったが好意を持っていた』と答えたよ。親代わりの存在にしては堅苦しい言いかただと思ったが」

「そういうひとです。たぶん僕にも同じことを思っていたかもしれない」

「実の息子に気を許していなかったと？」

「そうです。僕が春佳さんにそう接していたように」

「……どうも君たち母子は、わかりにくいね」

「そうでしょうか」

「だって親子だろ？　何より親しい間柄じゃないか」

「肉親であることと親しい間柄であることは別物です」

櫻登が言うと、市河は奇異なことを聞いたかのように眉を顰《ひそ》めた。

「俺にはわからないよ。じつは俺も母子家庭だった。親父《おやじ》が俺の小さい頃に病気で亡くなってね。おふくろは働きながら俺と妹を育ててくれた。子供のために一生懸命働いて、俺を学校にやってくれた。だから俺もなんとかおふくろを楽にさせてやろうと学生時代からバイトをしてきたし、今でも仕送りをしている。最近はたまにしか会えないが、電話とか連絡は取るようにしているしな。親子って、そういうものじゃないのか」

「僕は春佳さんが生きているときは働いてなかったから、生活費を負担することはできませんでした。ずっと同じ家に住んでたから、特に連絡を取り合うようなこともなかったし」

「そういうことを言ってるんじゃないんだ。親子の情というか……そもそも、そんなに母親のことが嫌いだったのなら、どうして今更無実を証明しようとしているんだ?」

「僕は春佳さんのことを嫌いになったことなんてありません。好意を持ってました」

「好意ねえ。親子の間でそんな言葉を使うのかねえ」

「他に適当な言葉が見つかりませんから。それと春佳さんの無実を証明したいという理由ですけど、みんなが同じことを訊くんですよね。どうしてお母さんの無実を証明したいんだって。不思議です。無実だと思っているひとの無実を証明することが、そんなにおかしなことでしょうか」

「おかしくはないさ。ただな、どうにも君の言いかたが他人行儀《ぎょうぎ》に思えるんだよ」

「僕と春佳さんは他人です」

「血は繋がってないのか」

「血縁関係はあります。僕は春佳さんから生まれました。でも他人です。別個の人間ですから」

「それは……まあいい。どうやら君たち親子は似た者同士らしいな。俺には理解できない。来宮蒴子についてだが、永山さんはこうも言っていた。『あのひとがわたしを引き取ったのは、相楽蕾の娘だからだ』と。誰のことか知っているかね？」

「はい。来宮蒴子さんの女学校時代の友人です。春佳さんを産んで間もなく亡くなったそうですが」

「同じことを俺にも言ったよ。来宮蒴子との関係について尋ねたら、永山さんはそんなことを言ったんだ。そんなに仲のいい間柄だったのかな」

「来宮さんの唯一の友達だったみたいです」

「そうか。でもそのことが永山さんにとっては負い目だったのかな。親友の遺児というだけで引き取られたことが。来宮蒴子からは愛情を感じられなかったということか。しかし……だったらあれは……」

「あれ？」

「取り調べのとき、永山さんが理屈っぽい言いかたばかりするから『本当に人を殺したのなら、自供して罪を償《つぐな》うのが正しいことではないのか』と訊いてみたんだ。そしたら永山さんは言った。『償われない罪は罪人を蝕《むしば》む。あのひとがそうだったように』と」

「あのひと？」

「誰のことかと尋ねたが、答えてくれなかった。だが、前後のやりとりからすると、来宮蒴子のことを言っていたように思えるんだ」

「来宮蒴子さんが罪を償っていないということですか」

「よくわからんがね。罪といっても些細《ささい》なものかもしれんし。来宮蒴子は夫と子供を捨てているそうだが、そのことかもしれない」

「来宮さんが家族と別れたことを後悔していた、ということでしょうか」

「どうだかね。憶測でしかないよ。それ以上は来宮蒴子についても何も話さなかったから」

「来宮さんと相楽蕾さんのこともですか。生前ふたりがどんな繋がりを持っていたかとか」

「聞いてないよ。俺の知っている情報は、これで終わりだ。役に立ったかね？」

「ええ、多分」

「頼りない答えだな」

「まだ頭の中の整理が付いてないんです。来宮萠子さんと蕾さんの関係が、そもそもの始まりだったとは思うんだけど。それと靖之さん」

「誰だそれ？」

「蕾さんの夫、僕のお祖父さんです。僕も跳躍してみます」

「跳躍？　走り幅跳《と》びでもするつもりか」

「幅跳びでも高跳びでもいいです。今の位置から遠く離れたい」

　櫻登は言った。

「遠いところに手が届くかもしれない」

13　落ちる男

金色のマスクを被り体重百キロは優に超えているであろう巨体が目の前に落ちてきた。続けて顔を真っ黒にペインティングしたスキンヘッドの男がリングから降りてくる。起き上がろうとする対戦相手に持っていたパイプ椅子を叩きつけた。客席から悲鳴が上がる。

黒塗りの顔が観客を威嚇《いかく》するように迫ってきた。他の客は逃げ出したが、櫻登《はると》は動かない。眼が合った。黒塗りの中にある眼が、かすかに笑ったように見えた。しかしすぐに振り返り、倒れているマスクの男に振り上げた椅子を叩きつけた。二度、三度。朦朧《もうろう》としているマスクの男をリングに上げ、フォールの体勢を取る。レフェリーがマットを叩く。ワン、ツー。三度目のカウントが入る前にマスクの男がかろうじて肩を上げた。

黒塗り男が苛立《いらだ》ち気味に吠え、レフェリーにちゃんとカウントしろと抗議する。その隙《すき》を狙《ねら》い、マスクの男が起き上がり黒塗りの男を後ろから抱きしめる。その体勢から体を反《そ》らせ、黒塗り男を後頭部からマットに沈めた。

ワン、ツー、スリー。ゴングが鳴る。

——ただ今の試合。ジャーマンスープレックスホールドによりゴールドマン宅間《たくま》がルシファー谷岡を下し、TEWヘビー級チャンピオンのベルトを防衛しました！

アナウンスが流れる。ふらつきながらもレフェリーに渡されたチャンピオンベルトを掲《かか》げて勝利を宣言するマスクの男。黒塗り男は倒れたままごろごろとリングを転がって退場した。

勝ち残ったゴールドマン宅間がマイクを手にする。

「これにて、TEW高田馬場大会を終了いたします。ご来場の皆様、ご観覧ありがとうございました。我々東京エクストリームプロレスは皆様に楽しいプロレスの試合をお見せするため、各地で興行を行っております。是非《ぜひ》ともまた足をお運びください。本日は本当にありがとうございました」

深々と頭を下げる。まばらな拍手が起きた。

客たちが立ち去ると早々に男たちが客席の椅子を片付けはじめる。みんなTEWというロゴの入ったTシャツを着ていた。

櫻登も立ち上がり、教えられた場所へ向かう。精肉店の隣にある古びた店舗だった。元は自転車店だったが、今は廃業しているようだ。ドアを開けると廃材置き場のように雑然とした中に黒塗りの男と金色のマスクの男が立っていた。

「よお」

谷岡が声をかけてくる。汚れたタオルで顔の黒いメイクを落としているところだった。

「お疲れさまです」

櫻登が言うと、谷岡はにやりと笑った。

「どうだった、試合?」

「よかったですよ。最後の谷岡さんが後ろ向きに投げられる技、きれいでした」

「だろ。宅間さんのジャーマンは天下一品だから」

谷岡が言うと、

「お世辞は要らんよ」

ゴールドマン宅間は笑い声で言い、マスクを脱いだ。五十歳は過ぎていそうな顔立ちだった。

「お世辞なんかじゃないですよ。俺、宅間さんの試合を観て育った人間ですから」

宅間はまた笑う。タオルで汗を拭き、その場でタイツを脱いで全裸になると、下着とジャージを身に着けた。

「バラシ、手伝ってくるわ」

そう言って外に出ていく。その後ろ姿を見ながら櫻登は言った。

「全身傷だらけですね」

「歴戦の勇者だからな」

谷岡が答える。

「十六歳からリングに上がって、メキシコで修行して、後楽園《こうらくえん》ホールでメインイベントを張ったこともあるひとだよ。俺の憧れだった」

「そんな有名なひとが、どうしてこんな小さな団体で試合をしてるんですか」

「いろいろあってね。怪我とか契約とか。一流の人間が一流の場所で活躍できるとは限らないのが、この世界なんだ」

話しながら谷岡はメイクを落とし、さっさと着替える。

「チャンピオンベルト取り返せなくて、残念でしたね」

櫻登が言うと、

「今は俺と宅間さんで獲ったり獲られたりしてるんだ。この前の中野サンモールで俺が負けて、しばらくは宅間さんがチャンピオンでいく。そのうちまた俺のものになるさ。今日は来てくれてありがとう。今日これから空いてる？　一緒に飯食わない？」

「すみません。これから行かなきゃならないところがあるんです」

「デートか」

「ひとに会うけど、デートではないです」

「そうか。あ、前から訊いてみたいと思ってたんだけどさ、永山君って彼女いるの？」

「彼女……多分、いないです」

「多分って何だよ？」

「たまに会ってセックスする相手はいるけど、彼女じゃないから」

「セックスする相手はいるけど彼女じゃない、か。なんか、すごいパワーワードが出てきたな」

谷岡が半笑いになる。

「そっか、セフレはいるんだ。うーん、どうすっかなあ……」

「何がですか」

「いや、クリーンクルーに道島さんっているじゃん。道島まどかさん」

「谷岡さんとよく一緒に働いてるひとですね」

「そう。彼女がさ、君に気があるみたいなんだ。あの子ほら、この前、中野の試合に来てくれたけど、あれ、本当は君に会いたいからだったみたいだ。君がいなくてがっかりしてたよ。いじめで不登校になって中学にも行ってなくて、やっと社会復帰して仕事を始めたところだろ。彼氏ができればもっと生きやすくなるかなって思ってさ。だから永山君さえよければ、俺が仲立ちしてあげようかと思ってたんだけど」

「それなら、僕は駄目ですね」

櫻登は言った。

「僕は平気で人の心を傷つけますから」

「自分でそれ、言っちゃう？」

「いつもそう言われるんです。だからきっと、そうなんですよ。道島さんみたいにナイーブなひととは、近付かないほうがいいです」

「そうかあ。わかった。道島さんには『永山君には彼女がいるみたいだよ』くらいに言っておく」

「僕、彼女いないです」

「わかってるって。なるべく道島さんが傷つかないようにってことだよ。それでさ、君のセフレって、どんなひと？」

「どんなって、年上で仕事をしているひとです」

「人妻？」

「いいえ。独身」

「キャリアウーマンってやつ？　君を仕事のストレスと欲求の捌《は》け口にしてるとか」

「捌け口ではないかな。あ、僕を利用しているという点では、そうかも」

「利用？」

「僕には利用価値があるんですよ、茉莉さんにとっては」

高田馬場二丁目の路地を櫻登は歩いていた。新旧さまざまな一軒家が寄せ集められたように建っている地域だ。午後二時過ぎだが人の姿はなく、幹線道路から少し離れただけで車の騒音も遠くなっている。

目的の家はすぐに見つかった。白い外壁の二階建て住宅。まだ建てられて数年ほどだろう。二階のベランダに洗濯物が干されているのが見えた。駐車場には白いベンツ。表札には「片岡」と記されている。

その家の周囲を歩き回った。隣接する家はどこも年を経《へ》ているようだった。錆《さ》びた自転車が置かれている家、コスモスを植えている家、ガラスのドアに「杉山美容室」と書かれている店舗。

三周したとき、元美容室から七十歳過ぎと思われる女性が箒を持って出てきた。櫻登は彼女に近付き、声をかけた。

「すみません、杉山《すぎやま》さんですか」

「あ、はい。そうですけど」

「僕、永山櫻登と言います」

いきなり名前を告げられた女性は怪訝《けげん》そうに櫻登を見た。

「ここにはもう長く住んでるんですか」

「え？　あ、はい。もう五十年以上住んでますけど」

「だったらこの家、前は永山靖之と春佳って親子が住んでた家だったこと、覚えてますか」

「永山……ああ、前の前のひとね。覚えてますよ。お父さんと娘さん」

「僕、その永山春佳の息子です」

「え？　息子さんって……あらまあ、そうなの。びっくりするわねえ」

女性は素直に驚いているようだった。

「お母さん、元気？」

と、尋ねてくる。どうやら一時期世間を騒がせた〝永山春佳容疑者〟とは結びついていないらしい。

「じつは去年、亡くなりました」

櫻登が答えると、

「あらまあ、そうなの？　知らなかった。へえ」

また驚いている。櫻登は続けた。

「僕、ここに母が住んでたことを最近知ったんです。それで、そのときのことを覚えているひとがいないかなと思って、来てみました。杉山さん、祖父と母のことは知ってますか」

「知ってますよ。わたしがここを改築して美容室を店開きした頃に、ちょうど永山さんも結婚して家を建てましてね。こちらに移り住んできたんですよ」

「じゃあ僕のお祖母さんも知ってるんですね？」

「ああ、はい。覚えてますよ。名前は……なんだったかしらねえ。変わった名前だったような……」

「蕾さん」

「そうそう、蕾さん。でもお子さんを産んですぐに亡くなったんですよ。かわいそうだったわねえ」

「亡くなる前の蕾さんはどんなひとでしたか」

「そりゃあ、きれいなひとでしたよ。清楚《せいそ》っていうのかしらね、品があって賢そうで、でもおとなしいひとでしたよ」

「蕾さんの友達のことは何か知りませんか」

「友達、ですか。いいえ、そこまで深いお付き合いはしてませんでしたから。ただ顔を合わせたときに挨拶するとか、そんな感じで」

「蕾さんが死んだとき、たぶん葬式には来てたと思うんですけど」

「たしかにお葬式には出ましたし、他に参列されてた方がいましたけど、誰が誰なのかまでわたしはわかりませんねえ」

「ああ、そうですね。今の質問は僕のミスでした。すみません。じゃあ靖之さんが亡くなったときのことは覚えてますか」

「もちろん。大騒ぎになりましたから。二階のベランダで洗濯物を干していたときに足を滑らせて落ちたって。一時は警察なんかも来てましたよ」

「じゃあ新聞にも載ったのかな。ネットで調べても古い話だから見つからなかったんだけど」

「載りました。社会面の小さな記事だったけど」

「そうですか。後で調べてみます。最初は誰が通報したんでしょうか。春佳さんかな?」

「さあねえ。わたしもパトカーと救急車のサイレンが鳴って、初めて何か起きたんだってわかって店を飛び出したんですよ。たちまち野次馬《やじうま》が集まってきて大騒ぎになりましたけど」

「靖之さんがベランダから落ちたって知ったのは、いつですか」

「警察が来て調べていって、帰っていった頃かしらねえ。誰かが警官から聞いたって話をしたんですよ」

女性は訊いたことには何でも躊躇《ためら》いなく答えてくれる。櫻登はさらに尋ねた。

「ひとつ疑問があるんですけど、二階のベランダって、そんなに簡単に人が落ちるような状態だったんでしょうか。フェンスとかあったんじゃないかと思うんですけど」

「今はもうないですけど、その頃は二階にまで届く大きな木があったんですよ。その枝がベランダ近くまで伸びてたんですけど、警察が調べたら、その枝に洗濯物が引っかかってたんですって。だから風で飛んだ洗濯物が枝に引っかかったのを取ろうとして身を乗り出して落ちたんだろうって」

「なるほどね」

櫻登は振り返り、今はもう存在しない家と存在しない木を見つめた。

「お母さんから、この家に住んでたときのことは訊いてないんですか」

逆に尋ねられた。櫻登は杉山に向き直って、

「春佳さんは何も教えてくれませんでした。ここに住んでたことも」

「そう……やっぱりねえ」

「やっぱり?」

「思い出したくないのかなあって」

「どうしてですか」

櫻登が尋ねると、杉山は少し躊躇するような表情を見せて、

「あの……じつはね、気にしてたんですよ。でも人様の家のことだから、あんまり口も出せないしって思って。最近はそういうの、すぐに通報しなきゃいけないみたいなんだけど、あの頃はねえ、まだそんな常識もなかったし」

思わせぶりな話しぶりだった。櫻登は思いついたことを口にした。

「虐待《ぎゃくたい》、ですか」

「はっきりそうだとは言えませんよ。でもねえ、よく聞こえてきたんです。あの子の泣き声」

「泣き声……春佳さんのですか」

「そう。それとご主人の声も。ひどく叱ってるような大声でしたよ。そんなのが毎晩。それに春佳ちゃん、ときどき顔に痣《あざ》とか作ってましたし」

「じゃあ、近所のひとはみんな知ってたんじゃないんですか」

「そうかもしれません。ご近所で話をしてて永山さんの話題が出ると、みんな口籠《くちご》もって、でもお互いにわかってるよねって目配せをして。永山さんのところも奥さんが早くに亡くなって男手ひとつで娘さんを育ててたでしょ。いろいろとあったんじゃないかなって。それでねえ……あ」

何か思い出したのか、声をあげた。

「何でしょうか」

問いかけても躊躇うような表情で、

「いえ、その、あなたのお母さんのことだから、ちょっと言いにくいんだけど……」

「春佳さんが、どうかしました?」

櫻登が重ねて尋ねると、杉山はそれでも逡巡《しゅんじゅん》しながら、

「一時期、ね、噂になったんですよ。春佳ちゃんがお父さんを突き落としたんじゃないかって」

「春佳さんが、靖之さんを？」

「お父さんに叩かれて辛くなって、我慢できなくなって」

「靖之さんが死んだとき、春佳さんはどうしていたんですか」

「警察と救急車が来たのは四時過ぎくらいだったと思うんだけど、春佳ちゃんはもう学校から帰ってたはずですよ。家にいたんじゃないかしら。じつはね、あの事故から後、春佳ちゃんを見てないんです。学校にも行かずに、そのまま転校してっちゃって」

「誰が引き取ったとか、そういう話は聞きませんでしたか」

「聞いてませんねえ。どこかの親戚が引き取ったのかなって思ってたんですけど。違うんですか」

「春佳さんを引き取ったのは、蕾さんの女学校時代の友人でした」

「まあ、そうだったんですか。あ、それでさっき、蕾さんの友達のことを訊かれたんですね」

「はい。そういうことも知ってるのかなって」

「知りませんでした。お友達が育ててたんですか。でも、もう春佳ちゃんは亡くなってし

まったんですね。ご病気ですか」

「いえ、自殺です」

櫻登の言葉に、杉山は絶句した。

「いろいろと教えていただいて、ありがとうございました」

櫻登は一礼すると、その場から歩き去った。


永山靖之の死について報じた新聞記事は、図書館で見つけることができた。一九八三年六月十六日の朝刊だった。

六月十五日の午後三時頃、高田馬場二丁目、永山靖之さん（43）方の庭で人が倒れているという一一〇番通報があり、警察が駆けつけたところ、その家に住む永山靖之さん本人が庭に倒れているのが発見され救急車で病院に運ばれたが、既《すで》に死亡していた。警察は靖之さんが誤ってベランダから転落したものと見ている。


記事に書かれている情報は、それだけだった。続報も見つからない。

櫻登はその記事を見つめつづけた。

「……通報、か……」

14　ベランダ

――誰が通報したか、ってこと？

スマホから茉莉の声が聞こえる。

「一一〇番通報が新聞の記事のとおりなら、春佳さんではないと思う。自分の父親のことを『人が倒れている』なんて言わないだろうから」

――たしかにそうね。じゃあ誰が？　近所のひと？

「そうだったとしたら、杉山さんが通報者のことを知らないというのもおかしいよ。そういう話はすぐに広まるだろうしね」

――通報したのって、靖之さんを突き落とした犯人じゃないの？

「靖之さんは殺された可能性があるってことだよね。僕もそう思ってる。でも当時の警察は、他殺だと思わなかったみたいだ」

――通報者が「近所の者だけど、通りすがりに永山さんの家の庭を覗いたら、人が倒れているのが見えました」なんて言ったとしたら、警察も疑わないかもね。でも櫻登《はると》君、靖之さんが殺されたんだとしたら、やっぱり一番に疑われるのは……。

「春佳さんだね。靖之さんがベランダから落ちたとき、家にいた可能性が高い」

——それに父親から虐待を受けていたしね。

「それは逆に春佳さんが犯人ではないことの傍証《ぼうしょう》になるかもしれないよ」

——どうして？　虐待していた親を憎んで殺したって考えられるでしょ？

「長く暴力を振るわれつづけてきた人間は、自分に暴力を振るってくる人間に対して無力感を覚えて、反抗できなくなることが多いんだ。よくＤＶを受けてる配偶者とか子供とかに『どうして逃げたり抵抗したりしないんだ？』って言うひとがいるけど、逃げることも闘《たたか》うこともできないから暴力を受けつづけるんだよ。絶対にあり得ないってわけじゃないけどね」

——意外に冷静だね。自分の母親が祖父を殺したかもしれないって話をしてるのに。

茉莉の指摘に、櫻登は改めて気付いたように、

「言われてみれば、そうだね。たぶん春佳さんが殺したんじゃないって思っているからかな」

——根拠はやっぱり『春佳さんは人を殺すようなひとじゃない』ってこと？

「それもある。でももう少し論理的な根拠もあるよ。洗濯物」

——洗濯物？

「警察は靖之さんが風に飛ばされて枝に引っかかった洗濯物を取ろうとして落ちたと判断したらしい。でももし、誰かが彼をベランダから突き落としたんだとしたら、その洗濯物は事故に見せかけるためにわざと枝に引っかけたんだと思う」

——そうね。そう考えていいかも。

「それはまだ小学生だった春佳さんには無理だよ。手が届かない。やったのは、大人だ」

——たしかに。で、これからどうするの？

「もう一度、村尾さんの家に行ってくる。いろいろと尋ねたいことがあるし」

——桜崎真吾の助言に従うわけね。そうそう、村尾っていえば面白いことがわかったわよ。あの村尾仁史ってひと、ちょっとびっくり。

「どういうこと？」

——彼、脳神経外科が専門でしょ。日本で最も優秀なんだって。専門誌に紹介されるくらい。

「ふうん」

——あ、まだ驚くのは早いわよ。

「驚いてないけど」

——これを聞いたら驚くって。あの先生、マッドサイエンティストなんだから。

「マッド？　どういうこと？」

——何年か前に学術専門誌に論文を発表してるんだけど、内容がすごいの。他者への頭部移植。

すぐには茉莉の言っている言葉の意味がわからなかった。

——だからね、人間の頭をちょん切って、他の人間の体に移植するの。

「何それ？　そんなことが可能なの？」

——村尾先生は可能だって書いてるみたい。論文は英語で書いてあるし、難しいからわからないけどね、病気や怪我で動かせなくなった体を捨てて、丈夫な体を手に入れることができるって。

「なんか眉唾《まゆつば》っぽいなあ。それで誰か実際に移植手術をしたの？　成功したの？」

——村尾仁史が論文に書いてたのは、あくまで理論みたい。でもね、二〇一七年にイタリアの神経外科医が別々の遺体の頭部と胴体を繋ぐことに成功したって発表してるの。そのときに村尾仁史の論文を参考にしたって言ってるのよ。

「本当かなあ。どうも信用できないんだけど。そもそも頭部移植とこの事件に関係があるとも思えないけどね」

——わたしも関係はないと思う。ただ面白い話だから櫻登君に伝えたかっただけ。

「じゃあ、僕も伝えておこうかな」

——何を？

「昨日、元永社の小松さんに会ってきた」

——小松……ああ、来宮萠子の担当編集者だったってひとね。

「来宮萠子さんの家の鍵を貸してもらうのに、元永社の系列のなんとかって会社のひとを紹介してもらったんだ。そのひとから鍵を借り出すだけだったのに、小松さんも一緒に来てて、有楽町でお昼を食べさせてもらった。そのときに言われたんだ。本を書かないかって」

——本？　櫻登君が？　何の？

「春佳さんのことを書いてほしいって。それと来宮萠子さんとのことも」

——でも櫻登君、来宮萠子とは会ったことないでしょ？

「ないよ。だから来宮さんについてのことは、小松さんが知ってることや調べたことを教えてくれるって。僕は春佳さんの思い出とか小松さんから提供された情報を交ぜて書く」

——なるほど、仕組みはわかるわ。母親の無実を訴える息子が母と女流作家来宮萠子の関係を解きほぐしながら真実に迫るってとこかしら。

「うん、そんなコンセプトだって小松さんに言われた」

——それで、櫻登君はＯＫしたの？

「いや。僕は本なんて書けないって断ったよ。夏休みの読書感想文を書くのだって大嫌いだったのに、本一冊分も文章を書くなんて無理。そう言ったら小松さん、書く人間は用意してもいいって」

——ゴーストライターかあ。よっぽど本にしたいのね。まあ、売れそうな匂いはするからねえ。でも、そんな本を櫻登君に書かれたら、わたし困るんだけど。

「わかってる。だからはっきり断ったよ。僕は春佳さんのことも来宮蒴子さんのことも書かないって」

——ありがとう。約束を守ってくれて。愛してるわ、櫻登君。

茉莉の声が華《はな》やいだ。

——話を戻しましょう。それで、村尾家には今度はいつ行くの？

「次の土曜日。尚也さんが夕食に招待してくれるって」

——ずいぶん気に入られたのね。いいなあ。わたしも行きたい。でも無理ね。後から櫻登君に話を聞かせてもらうから。来宮蒴子の家にはいつ行くの？

「次の日曜に」

——そっちならわたしも一緒に行っていいよね？

「うん、いいよ。来宮家を見た後で前に言ってた焼き肉の店に連れてってくれるなら」

——OK。たくさん食べさせてあげる。その後はわたしと一泊してよ。いいホテル予約しておくから。

「わかった。じゃあそういうことで」

15　ディナー

門扉が開き篠崎が姿を見せると、櫻登《はると》は深く頭を下げた。

「この前はごめんなさい。今日はもう、篠崎さんに失礼なことは言いません」

彼女は少し驚いたような顔になり、くすりと笑いそうになり、慌てて表情を戻した。

「いらっしゃいませ。お待ちしておりました」

屋敷に入り、櫻登は高窓のステンドグラスを見上げる。

「やっぱり教会みたいだ」

篠崎は今回も言葉を返さない。前と同じ部屋に通して、

「しばらくお待ちください」

とだけ言って去っていった。

仁史が姿を見せたのは五分後だった。今日も髪をオールバックに固め、濃紺のセーターを着ている。

「体を壊してから家族以外の者と会うのを避けてきた父が、君には会いたいと言うんだ」

「僕も尚也さんに会いたかったです」

「相思相愛《そうしそうあい》か」

　仁史の表情が緩んだ。

「まあいい。あと三十分ほどで夕食の準備が整うようだ。それまでここで寛いでいてくれ。酒は飲めるのか」

「飲めますが、二十歳《はたち》前です」

「ではペリエでも用意させよう。何か質問は？　いきなり訊かれる前に、こちらから尋ねておこうか」

「質問、あります。仁史さんは結婚しているんですか」

「今は、していない。二年前に離婚した。これも訊かれる前に言っておくが、離婚の原因については明かさないよ。個人のプライバシーだ」

「奥さんだったひとは、今どこにいるんですか」

「横浜だ。息子と一緒に暮らしている」

「子供もいるんですね。ひとりですか」

「ああ。これ以上の詮索《せんさく》はやめてくれ。離婚で受けた傷というのは治りにくいものなんだ」

　そう言って仁史は部屋を出ていった。入れ替わりに篠崎が紅茶のセットを持って入っててくる。

「レモンもお砂糖もお使いにならないのでしたね」

「はい。覚えていてくれたんですね」

「記憶力はいいほうです。この家の皆様の紅茶の飲みかたも、勤めはじめた当日に覚えました」

「じゃあ、どうしてこの前は、使わないレモンを？」

「この仕事を始めるときに作法として、誰かひとりがレモンを使う可能性があるなら、その場にいる全員分のレモンを用意するようにと教えられました」

篠崎はテーブルに砂糖壺とレモンスライスの小皿を置いた。

「そうかあ。僕の推理は間違ってたんですね。ごめんなさい」

「間違っていても、正しかったんです」

そう言って篠崎は少し笑った。

「篠崎さんは、ここに住み込みで働いているんですか」

「いいえ、わたしは午前八時から午後六時まで勤務して、家に帰ります。なぜでしょうか」

「メイドさんって住み込みのイメージがあるから」

「イギリスのマナーハウスとは違いますから」

素《そ》っ気《け》なく言うと、篠崎は出ていった。

ひとりになると櫻登は紅茶を啜りながら、ぼんやりと窓の外を見ていた。夕暮れの茜《あかね》色に染まった空に、鈍《にび》色の雲が浮かんでいる。

スマホが着信音を鳴らした。茉莉からだった。

【今、村尾さんの家？】

そうだよ、と返事をすると、間を置いてまたメッセージが表示される。

【村尾仁史のこと調べたんだけど、一度離婚してるわよ】

【さっき聞いた。息子がひとりいるって】

【その息子、結構ヤバい奴みたい。大学受験に失敗して家庭内暴力に走ったって。仁史は殴られて肋骨《ろっこつ》を折ってるの】

【ほんと？】

【尚也も階段から突き飛ばされて腰骨を折って、それが元で体調を崩したみたい】

【その息子さん、逮捕されたの？】

【仁史も尚也も訴えなかったから警察沙汰《ざた》にはなってないの。でも家には置いておけないってことで奥さんと離婚して別に住むようになったって】

「なるほど、離婚の理由ってそれなのか」

櫻登は呟く。

【暴力息子を奥さんに押しつけて厄介《やっかい》払いしたってことかな。でも奥さんはそれでよく納得したね。自分ひとりそんなヤバい子供を世話させられて】

【母親には手をあげなかったんだって。暴力を振るわれたのは父親とお祖父さんだけ。つまり原因は、そっちにあるってことね】

【何が原因でそうなったんだろうね？】

【わからないけど、直接仁史さんや尚也さんに訊かないでね。せっかくの友好関係が壊れちゃうわよ】

【わかった。こっちの知りたいことに関係がなければ訊かない】

【なんかあっさり訊いちゃいそうで怖いなあ。まあいいけど。とりあえず自重《じちょう》してね】

メッセージのやりとりを終えた頃、篠崎がやってきた。

「お食事の用意が整いました。こちらへいらしてください」

案内されたのは広いダイニングルームだった。中央に白いクロスのかかったテーブルが置かれ、四人分のカトラリーとナプキンが用意されている。凝《こ》ったデザインの椅子が二脚だけ並んで置かれていた。篠崎はそのひとつに櫻登を座らせた。

「鍋料理とか鯖《さば》の塩焼きが出てくるような感じじゃないですね。フランス料理ですか」

櫻登が尋ねると、

「尚也様のオーダーです」

とだけ答えた。

程なく仁史がやってきた。椅子のある位置に少し躊躇したようだが、黙って櫻登の隣に座った。

「毎日こんな感じで夕飯を食べてるんですか」

櫻登が尋ねると、

「いつもはばらばらだよ。私は家で食べることが少ない。父も美里も食べる時間は違う。今日は特別だ」

「特別って？」

「君がいるということだよ。父が君を招待したと聞いたら、美里も一緒に食べたいと言いだした。不思議だな。妹も君が気に入ったらしい」

「仁史さんが一緒に食事をするのは、なぜですか」

「君を監視するためだ。また父に突拍子もないことを尋ねて具合を悪くさせないように」

「尚也さん、あの後で具合が悪くなったんですか」

「ああ、私と話すのも難儀《なんぎ》なようだった。君は他人の領域に平気で踏み込んでくるところがある。それでいて嫌われないというのは不思議なものだが」

「仁史さんは僕を嫌ってるんですか」

櫻登の問いかけに、仁史は少し時間を置いてから答えた。

「嫌っていたら、一緒に食事などしない。でも、言葉には気を付けてくれよ」

「わかりました。ひとつ訊いて――」

「駄目だ。もうすぐ夕食が始まるからな」

ダイニングルームに二台の車椅子が入ってきた。美里のものは篠崎が、尚也のものは看護婦が押している。

櫻登の向かい側に尚也が座り、その隣に美里が着いた。尚也は青いセーターを着ている。美里はベージュのブラウスにピンクのスカーフを巻いていた。

「お父さん、本当に大丈夫なんですか」

仁史が尋ねた。

「今からでもメニューを変えましょうか」

「嫌だ。今日はしっかり食いたい」

尚也が首を振る。

「毎日毎日病人食では気が滅入《めい》る。寿命も縮む。俺は肉が食いたいんだ。さあ、持ってきてくれ」

執事のような装《よそお》いの男性が尚也と櫻登の前のグラスに炭酸水を、仁史と美里のそれにはスパークリングワインを注ぐ。仁史がグラスを持って何か言おうとするのを、尚也が止めた。

「祝杯をあげるようなことは何もない」

「今日一日、無事に過ごせたじゃないですか。何でもない日を祝ってもいい。乾杯」

そう言って仁史はグラスを傾けた。

最初に出されたのは牡蠣《かき》の燻製《くんせい》や鯛《たい》のカルパッチョなどのオードブル。櫻登は燻製を口に入れ、頷く。

「コンビニで売ってるおつまみより美味しい」

「それはよかった」

美里が応じる。

「シェフもプライドが保てたわね」

「この家にはシェフがいるんですか」

「専属ではないの。贔屓の店のシェフが出張で来てくれてるのよ」

「大阪に出かけたとき、ホテルで酒の当てがなくてコンビニのつまみで済ませたが、味気ないものだった」

仁史が言った。

「コンビニも値段と味では相応に健闘しているが、やはりこういうものには勝てないな。櫻登君、君は自炊《じすい》しているのか」

「料理は全然しません。そのコンビニがライフラインです。あとホカ弁とか牛丼屋とか」

「今どきの若者は豊かなのか貧しいのかわからんな」

尚也がペリエを一口飲んでから言う。

「君は何が好物なんだ？」

「ときどきそういうことを訊かれることがあるけど、よくわかりません。好物って何でしょうか」

「だから、自分が特別好きな食べ物だ」

「そういうのが、ないんです。嫌いなものも特にないけど、これが大好きってものもない。逆にどうしてみんな、これが好き、あれが嫌い、なんて分けたがるんだろうって思います」

「食べることに執着《しゅうちゃく》がないのか」

「空腹は嫌いです。だから食べたいという気持ちはあります。栄養が偏《かたよ》らないようにって春佳さんに言われたから、肉や魚だけでなく野菜も食べるようにしてます。パズルですね」

「パズル？」

「食べるものを組み合わせて一日の食事を決める。パズルです。コンビニでカップ焼きそばを買ったら、ついでに野菜サラダも買うとか。パンだけじゃなくて牛乳を飲んだり、ときどきフルーツも食べたり。そういうパズルで自分の体を作っていくって感じ」

「面白い見方だ。合理的であるかもしれん。しかし私は逆だ。子供の頃から好き嫌いが激しい。葉物《はもの》野菜は一切食べない。甲殻《こうかく》類も嫌いだ。貝は好きだが蜆《しじみ》だけは食べるのが面倒で味噌汁の具に入っているのも嫌だ」

「青魚《あおざかな》も駄目よね」

　美里が言う。

「それから豆類。豆腐は好きなのに大豆は食べない」

「大豆と豆腐は別の食べ物だ。見た目も食感も全然違う。とにかくだ、食べるものが偏っていても、私はこの歳まで生きてこられた。好き勝手にパズルを組んでも問題はないということだ」

「でも今は体が弱ってるんですよね」

「これは不摂生《ふせっせい》のせいではない。老《お》いだ。何を食べようと、どんなに健康に気を遣《つか》ってきても、どれほどの善行を積んでも、どれだけ金を儲《もう》けても、避けることはできない。八十歳になるまで生きてこられただけでも幸運だったのかもしれん。六十を過ぎたらいきなり老け込む奴もいるからな。しかし私も老い先短いことは確かだ」

「さっきまで強気だったのに、急に弱音《よわね》を吐くのね」

　美里が少し笑いを含んだ声で言う。

「櫻登君を見て、気が滅入った？」

「いや。この子を見るのは楽しい。だが、残酷だとも思うよ。若い子は、ただ若いというだけで残酷だ」

「失《な》くした日々を思い出させるから、ですね」

仁史が言葉を継ぐ。

「私もそんな気持ちが少しわかるようになってきました」

「いやねえ、年寄り臭い会話」

美里が鼻に皺を寄せる。

「早く次の料理を持ってきて」

コーンポタージュの後は舌平目《したびらめ》のクリーム煮。どれも篠崎が運んできた。尚也に付き添う看護婦は姿を消している。

食事の最中《さいちゅう》、櫻登は仁史や美里や尚也からいろいろと質問された。生まれてから今日までのこと、母親のこと、仕事のこと。

「どうしてジャグリングを始めようと思ったの?」

尋ねたのは美里だった。

「中学のとき、ショッピングセンターでパフォーマンスしているひとを見て面白いなって思って。それでネットで動画を見たりして勉強しました」

「今は何でもネットなのね。将来はその仕事一本でやっていくつもり?」

「それは無理です。ジャグリングだけで食べてるひとなんて、ほとんどいません。世界的なパフォーマーとかでないかぎり」

「そういうのを目指そうとは思わないの？　世界的なパフォーマーとか」

「どうかな……思わないでもないです。でも、なれる気はしない。ZONOさんのレベルになるのは無理」

「ゾノ？」

「僕の先生、っていうか、所属している事務所の社長です。僕と同じように中学生のときにジャグリングに興味を持ったんだけど、思い立ってすぐに英語もできないのにアメリカに渡って修業して、三年後には舞台に立ってました。それは僕にはできないです」

「金の問題か。渡航費がないせいか」

尚也が尋ねると、櫻登は首を振る。

「金があっても、できません。才能もだけど、熱意が足りないです。ZONOさんは無一文《むいち もん》でアメリカに行ってるんです。僕にはそこまでの覚悟はありません。この国の小さな場所で少人数のお客さん相手に芸を見せるのが精一杯だし、それで満足もしてます」

「嘘だな」

仁史が言った。

「君はそう言って自分を無理矢理納得させようとしているだけではないのかね？　怖《お》じ気《け》

づいているのでは?」

「そういうストレートな質問、きついですね」

櫻登は仁史に眼を向ける。

「でも悪い気はしない。僕は怖がっているのか。殻《から》を破れないだけなのか。そうかもしれない。でもそうだとして、それが悪いことでしょうか。可能性を確かめるために無理をすることが、いいことばかりだとは思えないです」

「昨今の若者らしい考えかただね。君が病院に慰問に来たいと連絡してきたとき、君のことを確認するために前薗さん——君の言うZONOさんに問い合わせた。若手の有望株だと言われたよ。ハル・ザ・クラウンなら人間としてもパフォーマーとしても問題ないとね。君は期待されているんだ」

「ZONOさんが僕を買ってくれているのは知ってます。前に一度、アメリカに行く気はないかと訊かれました。あるなら思いきって行ってみろって。でも僕は思いきりませんでした。怖いから? それもあるかも。でもそれ以前に、僕にはわかってるんです。僕のジャグリングに対する情熱っていうか憧れっていうか、それはきっとそこまでの高みにまで行き着こうって覚悟ができるほどのものじゃないって。殻を破っても、その後が続かないだろうって。美里さんはどうでしたか」

「え? わたし?」

「足が動かなくてもバイオリニストになろうって思ったんですよね。そしてバイオリニストになった。どうして、なれたんですか」

「他になりたいものがなかったから」

美里は即答した。

「事故に遭う前からバイオリンを弾いてたの。初めて手にしたのは四歳だった。バイオリンを持って音を出したとき、思ったの。これをずっとやりたいって。いつまでも弾いていたいって。事故なんかじゃわたしの気持ちは変わらなかった。だって両手は問題なく動くのよ。なんの不自由もないわ。世の中には義手でバイオリンを弾くひとさえいる。やりたいと思ったら、その程度の障害だって乗り越えられる。だから修業のためにイタリアにも留学したの。あなたのジャグリングは、そこまでのものじゃないってことかしら？」

「そうです。そこまでのものじゃないです」

櫻登は言った。そして隣の仁史に眼を向ける。

「どうして脳神経外科医になったんですか」

「今度は私が告白をさせられる番か。医学に進んだのは、正直に言えばうちが医者の家系だったからだ。父も祖父も医師だった。病院を継ぐことも子供の頃から考えていた。しかし脳神経外科は自分から進んで勉強した。以前から脳と体の動きについて深く知りたいと思っていたのでね。脳はどのようにして体を支配するのか。体はどのように脳からの指令

「だから頭部移植のことも研究したんですか」

櫻登の問いかけに、仁史は一瞬固まる。

「……どうして、それを？」

「調べました。そういう論文を書いてるんですよね？」

「仁史は、その分野のパイオニアだ」

尚也が言った。

「理論的に可能なことを証明してみせた」

「理論的には、です。決めつけないでくださいよ」

仁史は父親に咎《とが》めるような言葉を投げる。そうして櫻登に向き直り、

「たしかにそうした手術の可能性について研究していたこともある。だが技術的にも倫理的にも時期尚早だった。おかげで私はマッドサイエンティスト扱いされた」

「イタリアで頭部移植手術が成功したって聞きましたけど」

「情報が違っている。遺体同士で頭部移植を成功させたとイタリア人の神経外科医が発表したただけだ。実際に頭部を移植されて無事に生きている人間が世間の前に現れたわけではない」

「じゃあ眉唾なんですか」

「その可能性が高いだろうね。君はそんなことが本当にできると信じていたのか」

「いえ、信じてません。でも仁史さんがそういう論文を書いているって知って、見直しました」

「見直した?」

「すごい発想をするひとなんだなって。そういう跳躍力のある考えをするひとって、かっこいいです」

「かっこいい……そうか、かっこいいか」

仁史は微笑んだ。

「そういう褒められかたをしたのは、初めてだ」

「拓斗さんのこと、訊いてもいいですか」

しかし櫻登が唐突に話題を変えると、仁史の笑みは一瞬で消える。

「何を、訊きたいんだ?」

「拓斗さんは交通事故で亡くなったんですよね。一九九八年十二月二十一日午後九時過ぎ、表参道でイルミネーションを見物していたひとたちの中に暴走した車が突っ込んだ。四人が死亡。そのひとりが拓斗さんだった。そうですね?」

「そのとおりだ」

答えたのは尚也だった。

「不幸な事故だった。突っ込んできた車の運転手は心臓発作を起こして死んでいたと聞いたが、とんだとばっちりだ」

「拓斗さんは、あまり素行が良くなかったと聞きました。万引きとか窃盗とか飲酒とか暴行とかで補導されたって」

「悪い友達と付き合ってたせいよ」

美里が言う。

「拓斗はとてもいい子だったの。ただ、周囲の影響を受けやすかったから」

「堪《こら》え性《しょう》もなかったな」

尚也が言った。

「もう少し努力することを覚えれば、愚にもつかない人間にならずに済んだ」

「父さん、それは言わなくてもいいじゃないですか」

仁史が戒《いまし》めると、尚也は鼻の頭を掻きながら黙った。

「櫻登君、君が何を知りたいのかわからないが、拓斗のことは今でも私たちにとっては心が痛む思い出だ。あまりつつかないでほしいんだがね」

「すみません。でも、どうしても訊きたいんです。事故のあった日、表参道のあの現場に来宮萠子さんがいたこと、知ってますか」

「まさか」

真っ先に言ったのは、美里だった。

「そんな偶然、あるわけないでしょ」

「偶然じゃないかもしれません。生前、拓斗さんと来宮荊子さんとの間に交流があったとしたら」

「拓斗と母が？　そんなことあるわけない」

仁史が首を振る。

「どうしてそう言いきれるんですか」

「母がこの家を出ていったとき、拓斗はわずか一歳だった。母のことを覚えているわけがない」

「覚えていようといまいと、母親と息子であることに変わりはないです。連絡を取り合っていたかもしれません。亡くなる前、拓斗さんはここに住んでいたんですか」

「いや。あいつは独立して独り暮らしをしていた」

「仕事は？」

「わからん。いろいろやっていたようだが」

「じゃあ、どんなことをしていたか把握してないんですね。だったら僕の想像を否定できないと思います」

「あくまで想像だろう？　事実とは限らない」

「でも事実である可能性は高いです」

「仮に君の想像どおりだったとして」

と、尚也が言った。

「それで、どういうことになるのかな？」

「それが、よくわからないんです」

櫻登は答える。

「もしも来宮萠子さんが拓斗さんと一緒に表参道に来ていてあの事故が起きたのなら、どうして車に撥ねられた拓斗さんを助けようともせず、救急車で搬送されるときに付き添いもしなかったのか」

「拓斗が車に撥ねられたことを知らなかったからだろう。やはり母と拓斗が同じ場所にいたのは偶然にすぎないんだよ」

仁史が言った。

「いや、でも……」

櫻登はなおも言葉を続けようとしたが、できなかった。

「君も、偶然だという可能性を捨てきってはいないんだな」

「はい、正直に言えば偶然居合わせたって可能性がゼロだとは思ってません。でも……」

「偶然って、いくらでもあるでしょ」

美里が言った。

「偶然を必然だって言い張ったら、ただの陰謀論者よ。何もかも裏で繋がってるんだって」

櫻登は反論しなかった。

メインディッシュに牛ヒレ肉のステーキが出て、その後でコーヒーとデザートが供《きょう》される。

「どうだ。全部平らげたぞ。私の胃もまんざらではあるまい」

コーヒーを啜りながら尚也が言った。

「驚くべき回復力ね。前に櫻登君が来たときの憔悴ぶりが嘘みたい」

美里が言う。

「嘘じゃない。あのときは本当に具合が悪かったんだ」

父親が弁明するのを、彼女は笑みで聞き流す。その態度に不機嫌な顔をしかけた尚也だったが、思い直したように櫻登に言った。

「君には家に待っているひとはいるのか」

「家じゃなくてアパートです。僕は独り暮らしです。誰も待ってません」

「ペットは？　犬とか猫とかハムスターとか」

「いません」

「じゃあ、一晩留守にしても問題ないな。今日はここに泊まっていくといい」

「父さん、それはさすがに――」

仁史が咎めようとするのを、尚也は手で制した。

「いいじゃないか。空いている部屋もあるんだし。櫻登君、いいね？」

「僕、泊まる準備なんか何もしてないですけど」

「その心配も無用だ。篠崎さん」

「はい」

「至急、彼の着替えを入手してほしい。Mサイズの下着とパジャマ、靴下だ。歯ブラシの予備はあるかね？」

「あります。着替えはすぐに購入してきます」

「頼むよ。その後で二階の客間を整えておいてほしい」

「かしこまりました」

一礼して篠崎は食堂を出ていく。

「そうと決まれば、今夜はゆっくりしようか」

尚也は櫻登に向けて、笑みを見せた。

16　母の記憶

「これがガレのランプ。一九〇〇年のものらしいわ」

　蜻蛉の姿があしらわれたモザイクガラスの品物を、美里は指差した。

「こっちがラリックの香水瓶《びん》。そしてティファニーの花瓶。どれも祖父のコレクションよ」

　村尾邸一階の一室が、それらガラス工芸品の陳列室となっていた。他に皿やカップ、置物など多様なものが陳列されている。美里の車椅子を押しながら、櫻登《はると》はそれらの品々を眺めた。

「きれいですね。高そうだ」

「ここに置かれているようなアンティークならね。でも現代でも同じデザインのものが作られているから、そういうのは手頃な値段で買えるわよ」

「それって、レプリカですか」

「ちょっと違う。ここにあるのと同じようなものはたくさん存在するの。ガレもティファニーもガラス工芸の工房を作って製作してたから」

「玄関から見えるステンドグラスも大量生産品なんですか」

「あれは特注品。世界にひとつしかない。この前も言ったでしょ。芸術品というのはもともと誰かのために作られたものだって」

「そうでないものもあると思うけど。ゴッホの絵とかは自分で好き勝手に描いて、生前には売れなかったんですよね。そういうもののほうが芸術品って感じがする」

「自主制作された作品だけを芸術品というのなら、ミケランジェロやダ・ヴィンチの作品は芸術ではなくなるってことになるけど。まあたしかに、パトロンの依頼で作るものより作家が自己表現として作り出すもののほうが芸術って言いやすそうではあるわね。でも違うわよ。特定の誰かのために作られた芸術品はたくさんある。ただその価値が個人や時代を離れて普遍的な評価をされているというだけ。あなたのジャグリングだって、いつか芸術と呼ばれるようになるかもよ」

「芸術かあ。考えたこともなかった。でも芸術って何でしょうね?」

「わからないけど、きっと評論家が『これは芸術だ』って言ったら芸術なんでしょうね。わたしも言われたことあるから、きっとわたしのバイオリンは芸術なんだわ」

「褒められたんですか」

「向こうはそのつもりだったんでしょうね。でも『ハンデを乗り越えて演奏しているのは立派だ』なんて言われても嬉しくも何ともない」

「そういう言われかたをするのって傷つきますか」

「そんなことくらいで傷ついてなんかやらないわよ。あんな奴らの言葉で傷つくなんて馬鹿馬鹿しいもの。櫻登君はどう？　誰かに何か言われて傷つくことある？」

「どうかな。嫌な気分になることはあります。子供の頃は母子家庭だったこととか、まわりと馴染まないことなんかで嫌がらせをされたことがあるし。今でも大学に行かなかったこととかバイトで生活していることとかでいろいろ言われます。ジャグリングしてますと言うと『ああ曲芸師ね』って笑われたことがあったけど、あれは馬鹿にされたのかな。いい気分にはならなかった。でも、傷つきはしなかったかな。僕が関心を持ってないひとから何を言われても、あんまり響かないですね」

「達観してるのね。いいことだわ。さっきの話だけど、母子家庭だったことで辛かったことってある？」

「主に経済面ですね。春佳さんの収入は決して多くはなかったから。それなりに制約はありました。ナイフとフォークを使って食事するような店はファミレス以外に入ったことがなかった。今日の夕食みたいに豪勢なのは、ほぼ初体験です」

「愛情面は？　父親がいなくて寂しい想いをしたとか」

「わからないです。そもそも父親というのがどんな存在なのかわからないから。父親って子供に何をするものなんでしょうか」

「稼《かせ》いで家にお金を持ってくることと、社会人としてのスタンダードを示すことかしらね」

「でもそれって、母親でもできることですよ。春佳さん、してくれてたし」

「言われてみれば、そうかもね。父親の役割なんて、実際はたいしてないのかも。でも、だとしたら男って何なのかしら。女に子供を産ませること以外は、他の誰かと戦って勝ったり負けたりすることしかできないじゃない。いなくてもいいわけよね。雌蜘蛛《めすぐも》が交尾の後で雄《おす》蜘蛛を食べちゃうのって、そう考えると合理的かも」

美里は微笑みながら櫻登に振り返る。

「わたしは男を食べたいとは思わないけどね。美味しそうじゃないし」

「食人はリスクが高いそうです。狂牛病みたいな病気になる危険があるらしくて。ひとつ訊いていいですか」

「何かしら？」

「来宮萠子さん——お母さんのこと、どう思ってますか」

「どうって……」

少し、言葉が途切れる。

「……そうね、無責任な母親だったと思ってる。あのひとが家を出ていったとき、わたしは六歳だった。まだ何が起きたかよく理解できなかったけど、母親が急にいなくなったことはわかった。すごく泣いたと思う。だって……そう、あれはたしか、母が出ていく前の日だったかな、わたしにぬいぐるみをくれたの。ピンクの熊さん。誕生日でもないしねだったこともなかったのにどうしてだろうって思ったけど、そんな贈り物をくれたのにどうしていなくなっちゃうのって。わたしのこと好きじゃないのって。でも、後になってあの熊がわたしへの餞別《せんべつ》だったと気付いたとき——たしか一年くらいしてからだったけど、すごく腹が立ってそのぬいぐるみを鋏《はさみ》で切って中身を全部出して捨てちゃった」

美里は淡々と話した。

「さっき父親なんかいなくたっていいって言ったけど、母親だって同じよ。産んだ後は消えてくれていい。代わりに育ててくれる大人がいればね。わたしたち兄妹《きょうだい》は母がいなくなった後、家政婦さんが母親代わりになってくれた。今はもう引退していないけど、ずっと親切に育ててくれたわ。わたしたちもそのひとに懐《なつ》いてたし。だから母親のことなんか全然忘れて生きてきたの」

「でも来宮さんの活躍は聞こえてきますよね。本は売れてたし、映画やドラマにもなってたし。そんなときも平静でいられましたか」

「櫻登君、わたしを試してる？」

「試す？　どういうことですか」

「わたしの感情を掻き乱して、ぼろを出させようとしてる」

「そういうつもりはないです。来宮蒴子さんのことをどう思ってたか知りたいだけです」

「わかった。そういうことにしておく。母が来宮っていう旧姓で仕事をしてたことは幸いだったわ。その名前はあまり心に響かなかったから冷静でいられたもの。何の感情も湧かなかったって言うと嘘になるかも。でも、ああこのひとはわたしの母親のはずなんだ、なんて思ったりはしなかったわね。どっか遠いひとだった」

「恨んだり憎んだりは？」

「ないない。道で出会ったら、ちょっとびっくりするかもしれないけど、軽く会釈《えしゃく》くらいして擦《す》れ違ってたわ。その程度」

美里は手を伸ばし、陳列されていたガラスの花瓶を手に取った。

「そういえば昔、母はこの部屋でこの花瓶をじっと眺めてたわ。夫や子供たちより熱心に見てた。自分が産んだ子供なんて、この花瓶より関心は薄かったのかもね。他に質問は？」

「あります。来宮蒴子さんの学校時代の友達のこと、知ってますか」

「知ってる。たしか、蕾って名前だったかしら」

「そうです。永山蕾さん」

「あなたのお祖母さんなのよね。そのひとがどうかした？」

「前にここにお邪魔したとき、尚也さんに蕾さんのことを尋ねようとしました。そのとき尚也さんは仁史さんを遠ざけて、僕とふたりきりになろうとしました。仁史さんに蕾さんのことを聞かせたくなかったみたいでした。どうしてなのか理由がわかりますか」

「ああ、それなら単純に兄さんの機嫌が悪くなるからでしょ。母はわたしたち子供より昔の学友のことを大事に思ってたみたいだから。母が出ていったとき、兄も少しは物事がわかる年頃だったし、自分たちを棄《す》てた母親への怒りはわたしより強いの。だから蕾さんを憎む気持ちも強かったのよ」

「それは仁史さんのブログの文章を読んでも理解できます。でも、それだけでしょうか。僕には仁史さんに隠したいことがあったような気がするんだけど」

「父さんはあなたに蕾さんの何を話したの？」

「実家が向島にあったってことだけ……あ、それか」

「え？」

「蕾さんの情報を僕に伝えたってことを仁史さんに知られたくなかったからなんだ。つまり、仁史さんは蕾さんのことを聞きたくないんじゃない。僕に蕾さんのことを知られたくないんだ。そういうことかな？」

「そこはまあ、そんなに深く考えなくてもいいんじゃない？　似たようなものだし」

「そうでしょうか。似たようなものでしょうか」

「そうよ」

美里は断定するように言う。

「でも不思議だな」

「蕾ってひとのことはもう――」

「蕾さんのことじゃないです。僕のことです。僕は仁史さんが嫌っている蕾さんの孫で、自分の母親を殺したと言われている春佳さんの息子です。なのにどうして仁史さんは、僕を嫌っていないんだろう？」

「嫌われたいの？」

「そうは思いません。でもさっき仁史さんに僕を嫌ってるんですかって訊いたら『嫌っていたら一緒に食事などしない』って言われました。僕、嫌われて当然なのに」

「ああ見えて兄さんは心が広いの。あなたのことが気に入ったっておかしくないわ」

「仁史さんだけじゃない。尚也さんも、それから美里さんも」

「わたし？」

「この家のひとは、みんな僕に親切です。不思議だ」

美里が突然笑いだした。

「……ごめんなさいね。でも……おかしくて」

「おかしいですか」

「櫻登君、あなたって最高よ」

美里は涙を流しながら笑いつづけた。

17　深夜の酒

村尾邸内にはエレベーターがある。美里のために設置されたもので、リモコンで昇降ボタンを操作できるようになっていた。

「エレベーターが付く前は一階にわたしの部屋があったんだけど、居心地《いごこち》が悪くて。やっぱり北向きの部屋は陰気で駄目ね。今は心置きなく三階の部屋に出入りできるようになったわ」

美里が嫌った一階の部屋が、櫻登《はると》の寝室に宛《あて》がわれていた。たしかに北向きだったが、夜になってしまうと陽差しなど関係ない。風呂に入り歯を磨くと、篠崎が用意してくれた着替えを身に着けて部屋に戻り、大きなベッドに横になった。アパートの布団《ふとん》より寝心地がいい。

しかしまだ寝るわけにはいかなかった。夕食が終わった後、尚也にこっそり囁《ささや》かれたのだ。

「九時半に私の部屋に来てくれ」

腕時計を見る。まだ九時になっていない。

起き上がって部屋の中を検分してみた。幼い頃から美里が使用していたためか、内装は女の子向きだった。花柄の淡いブルーの壁紙に百合《ゆり》の花を模したガラスのシャンデリア。窓際に置かれているのはブルーの把手《とって》が抽斗《ひきだし》に付いた学習机で、添えられている椅子も子供用の赤いものだった。

櫻登はその椅子に座り、机の抽斗を次々に開けてみたが、やはり何もなかった。

一番下の抽斗はA4のファイルも縦に入りそうな大きさで、重さに耐えられるように抽斗両脇にローラーが付いている。その抽斗を閉めようとしたとき、ローラーの動きにかすかな異音を感じた。

櫻登は抽斗を目一杯引いてローラーをレールから外し、抽斗そのものを抜き出す。そして中を覗き込んだ。

レールに紙が挟まっていた。手に取ってみるとそれは封筒だった。長い間レールとローラーの間に挟まっていて折れ曲がり、埃《ほこり》で汚れている。封はされていない。見ると中に便箋《びんせん》が入っていた。

開いてみる。手書きの文字が書かれていた。


美里姉。

メールじゃなくて手紙にしたのは、そのほうが気持ちを伝えられる気がしたから、じゃないよ。メールだと読まずに削除されそうな気がしたんだ。この手紙だって読まずに捨てられるかもしれないけど。

俺のこと、怒ってるだろ？　村尾家の名前を汚すできそこないって思ってるだろ？　いいんだ、そのとおりだから。俺は兄貴ほど頭も良くない。美里姉みたいな芸術の素養もない。学校で褒められたのは作文くらいだ。文章を書くのは上手いらしい。

つまり俺は、親父よりおふくろの血を濃く受け継いだってことだ。だからなおさら、親父や兄貴には俺が目障《めざわ》りなんだろう。

なので俺は、おふくろのところに行く。別に縒りを戻そうとかっていうんじゃない。許すつもりもない。ただ俺をこの世に生み出した責任を果たしてもらうだけだ。あれだけの売れっ子作家なんだから俺ひとり養えないこともないだろうし。もしかしたら俺も作家デビューできるかもしれない。そしたらもう、穀潰《ごくつぶ》しだなんて言われることもなくなる。

このことは親父と兄貴には言わないでくれ。またうるさいからさ。美里姉にだけ知らせておく。

作家デビューできて印税生活が送れるようになったら、何か美味いもの食べさせてやるよ。

一九九七年十月一日　　拓斗

櫻登は手紙を二度読んだ。そして封筒に戻し、皺と汚れを取ると着てきたジャケットの内ポケットに収めた。さらに机の中や奥や下、ベッドの下なども調べたが、他には何も見つからなかった。


九時半ちょうどに櫻登は尚也の部屋のドアをノックした。

「どうぞ」

応じる声にドアを開ける。尚也は椅子に腰掛けていた。ひとりきりだった。

「看護師さんはいないんですね」

「帰ったよ」

「もう重体のふりはしないんですか」

「危険な状態は去った。今は小康《しょうこう》を保っているんだよ。何か飲むかね?」

壁際のサイドボードを示す。洋酒の瓶が並んでいた。

「二十歳前だが、飲めるんだろ?」

「烏龍《ウーロン》ハイとかレモンハイなら」

「生憎《あいにく》とそういうのはない。スコッチかバーボンかブランデーだ」

「じゃあ、バーボンを」

尚也は大儀《たいぎ》そうに立ち上がり、ワイルドターキーのボトルを取り出す。サイドボードの隣に置かれている小さな冷蔵庫から丸い氷の塊《かたまり》を取り出すとふたつのグラスに入れ、そこへ酒を注いだ。慣れた手つきだった。

「尚也さんも飲むんですか」

「当たり前だろう。君と飲みたいから呼んだ」

「医者から止められてると思ってた」

「止められている。が、こればかりは指示に従う気はない」

「でも食事中は飲まなかったですよね？」

「仁史がうるさいからな。息子の小言《こごと》を聞かされては食事が不味《まず》くなる。だから我慢した。ここで飲めばあいつには気付かれない。片付けてくれるのはあいつじゃないからな」

尚也はグラスのひとつを櫻登に手渡し、自分のそれを軽く当てて飲んだ。櫻登もバーボンに口を付ける。すぐに顔を歪めた。

「好みじゃないのか」

「きついです。味もアルコールも」

「まだまだ酒の味がわかる歳ではないか」

笑みを浮かべながら二口目を飲む。それから櫻登に尋ねた。

「君は自分の父親のことを何も知らないのか」

「知りません。誰なのか春佳さんは教えてくれませんでした」

「知りたいかね？」

「はい」

「わかったらどうする？」

「会ってみたいです。どんなひとか知りたいし、僕のことをどう思っているか聞きたい。もしかしたら、もう会っているかもしれないけど」

「会っている？　いつ？」

「つい最近です。年寄りで、病院暮らしをしてますけど」

「その人物が父親だと？」

「わかりません。本人は否定しているし。でも父親じゃないって証拠はない。ＤＮＡ鑑定は拒否されました」

「それでも君は疑っているわけか」

「一時期、春佳さんにとても近い間柄でしたから。マネージャーをしてたんです」

「マネージャー……まさか桜崎真吾のことかね？」

「知ってるんですか、桜崎さんのこと」

「個人的な知り合いではない。だが繭子の引き取った娘が彼のマネージャーの仕事をしているという話は聞いていた。君は自分が桜崎の息子だと思っているのか」

「かもしれない、と思ったんです」

「そうか。しかしそれは多分、間違いだな」

「どうしてそう言えるんですか」

「君と桜崎真吾は似ていない」

「顔の似てない親子もいますよ」

「やけにこだわるな。桜崎の息子だと思いたいのか。やはり有名人の子供だと嬉しいのかね？」

「そういうわけじゃないです。ただ、否定されていない以上、その可能性は考えないと」

「他に父親候補はいるのか」

「今のところはいません」

「そうか」

尚也はグラスの中身を飲み干し、あらたにバーボンを注いだ。

「親を知らないというのは、同じだな」

「誰と？」

「私とだ」

「お父さんのこと、わからないんですか」

「母親のこともな。私は村尾家の養子だ。子供ができない両親に引き取られた。その前は戦災孤児で施設に入っていた。両親は空襲で死んだらしいが、私は覚えていない。東京大空襲のときは七歳くらいになっていたから物心は付いていたはずなんだが、以前の記憶はすっぽりと消えている。思い出せる一番古い記憶は孤児たちが集められていた施設の暗い部屋のことだ。汚くて臭くて怖かった。戸籍も焼けてわからない。だから自分の本当の名前も知らない。村尾の両親がくれた尚也という名前を生まれてからずっと使ってきた名前だと信じることで、なんとか生きてきた」

　尚也はバーボンを口に運び、噎《む》せた。

「大丈夫ですか」

　櫻登は尚也の背中をさすった。彼の手からグラスを取り上げようとする。しかしそれを尚也は拒んだ。

「まだ残っとる」

「もう飲まないほうがいいんじゃないかなあ」

「いいんだ。飲ませてくれ」

　頑《かたく》なに言い、グラスは渡さなかった。息を整え、またバーボンを一口啜る。

「なんだか自分の命を縮めるために飲んでるみたいに見えますよ」

「身も蓋《ふた》もないことを言う。しかし、当たっている。酒と寿命を天秤《てんびん》に掛ければ、酒のほうが重い。それが今の私の状態だ」

「命より酒が大事？」

「酒で得られる平安のほうが貴重なんだ。無駄に長らえることよりな。村尾の両親に引き取られて以来、私は恩を返すために生きた。一生懸命に勉強して医大に入り、医師となって村尾病院を引き継いだ。自分の夢には蓋をして、親の希望を叶《かな》えるために生きてきたんだ」

「自分の夢って、文学の魔物に魅入られることですか」

「……萠子と結婚したのも、親の言いつけだった」

尚也は櫻登の問いには答えず、話を続けた。

「その後は病院のために生きた。萠子が子供を置いて家を出ていっても後添《のちぞ》えをもらわなかったのは、病院を引き継ぐべき子供たちのことを思ったからだ。なさぬ仲の母親がいては子供のためにならないと思ってな。そして子供たちを育て、仁史に病院を渡した。やっとこれで重荷を降ろせる。自分のために生きられる。そう思ったときには、もうこの歳だ。体が思ったように動かない。新しいことをする気力も湧かない。ただこの家で朽《く》ち果てるのを待つばかりだ。しかも大切に育ててきた子供たちときたら……せめて酒くらい好きに飲ませてほしい」

そう言って、また一口飲む。

「櫻登君、君は何も背負わされていないようだ。羨《うらや》ましいな。自由だ。だから年寄りのわがままくらい大目に見てくれ」

「わかりました。自由にしてください。もっと注ぎましょうか」

「それも自分の好きにさせてくれ」

「はい。でもひとつだけ。僕は羨ましい人間じゃないです。たしかに何も背負ってないけど、それは背負うものが何もないのに生きてかなきゃならないってことです。誰かに求められることもないし、誰かに必要とされることもないです。それって結構辛いんですよ」

「そういうものかね」

「そういうものです。どうやって生きたって、人生は辛いです」

「……二十歳《はたち》前のひよっこに八十の男が人生を語られるとはな」

尚也は笑った。しかしすぐに真顔になって、

「先程の言葉は撤回する。君はすでに重いものを背負わされていたのだった」

「春佳さんのことですか」

「そう、君の母親と、それから来宮蒴子のことだ。このまま殺人者の息子として生きるのは堪《た》えがたいだろうな」

「どうでしょうね。僕は春佳さんが来宮さんを殺したとは思ってないけど、もしも殺して

いたとしたら、やっぱり辛く感じるのかな。たぶんそれでも僕は僕だし、そうして生きていくんだと思います。背負うって意識はないかも」

「やはり考えかたがドライだな。そこまで割り切れるのに、なぜ母親の無実を証明したいと思うのかね？」

「みんな同じことを訊くんですよね。息子が母親の無実を信じるのがおかしいのかな」

「おかしくはない。しかし君には他に理由があるように思えるのだよ。違うかね？」

櫻登は答えなかった。尚也はさらにバーボンを飲んでから、

「取引をしよう。君が胸の中にしまっているものを話してくれたら、私も秘密を話そう」

「秘密って？」

「私が知っていることだよ。それは君が知りたいことでもある」

「僕が知りたいことって、来宮さんを殺した犯人ですけど」

尚也は何も言わずにバーボンを注ぎ足す。

「ほんとに？　ほんとに知ってるんですか」

「私は君のことを知りたい」

「思わせぶりだなあ。ブラフですか」

「解釈は君の自由だ。どうする？」

櫻登は自分に注がれたバーボンをもう一口飲み、また顔を顰めた。

「あんまり美味しくない。スコッチにすればよかった」

「グラスを替えようか」

「いいです。これ以上飲んだら話せなくなりそうだから」

半分ほど残ったグラスを置き、櫻登は尚也に向き直った。

「僕は道化師です」

「道化師の扮装《ふんそう》で芸をするそうだな」

「そういう意味じゃなくて、僕という存在そのものが道化師なんです。誰かを笑わせたり茶化《ちゃか》したり、ときどき怒らせたり。でもそれって、誰かがいるからできるんです。誰ひとりまわりにいないとき、道化師って何をするんでしょう？　観客がいない道化師って何なんでしょう？　多分、何でもないです。空っぽ。メイクと衣装とだけがあって、その中には何もないんです。僕は小さい頃、人間はみんなそういうものだと思ってました。怒らせたら怒る。泣かせたら泣く。誰かが何かをしてきて、それに反応するだけ。機械と変わらない。本当は心なんてないのに、みんな心があると教えられてきたから、あるものだと思っている。おかしいなって思いながら、そういうものだと考えてました。でもどうやらそうじゃないみたいだ、他のひとには本当に心があって、その心が体や感情を動かしているみたいだってわかってきて、混乱しました。みんなが持っている心が、どうして僕にはないんだろう。わからなかった。見つけることもできなかった。だから僕はそれまでと同じように、心があるふりをして生きていくしかなかったんです」

尚也は黙って彼の話を聞いていた。

「春佳さんが来宮萠子さん殺害の容疑で逮捕されて自殺したとき、僕はやっぱり混乱しました。こういうとき、息子はどういう態度を取ったらいいのかわからなかったんです。きっと泣いたり怒ったりするのが正しいんだろうけど、でもどうやって泣けばいいのか怒ればいいのか、正しい態度がわからなかった。一生懸命考えて、やっぱり息子は母親が無実だって訴えるのが正しいんじゃないかと思いました。なんかそういう感じのドラマとかやってるのを観たことがあるし、春佳さんは犯人じゃないって言いつづけたほうがそれっぽいのかなって。だから、そうすることにしたんです。でもこれ、結構難しいです」

櫻登は小さく笑った。

「ドラマとかだと自分から事件を捜査したりしてるじゃないですか。やっぱりそういうことをするべきなんだろうなあって思ってやってみたら、桜崎さんの居所を探すために四ヶ月もバイトしたり警察のひとと仲良くなったり村尾病院に乗り込んだりで、予想外にアクティブになっちゃって。どこまでやればいいのか加減がわからないんです。自分が正しい方向に進んでいるかどうかもわからないし。そんなふうに途方に暮れながら、今こうして尚也さんと向かい合っています。これが僕の胸の中にしまっていたものです。こんな感じでいいでしょうか」

話し終えた櫻登に、尚也は笑みを見せた。

「よく話してくれた。君は心理関係のカウンセリングを受けたことがあるかね？」

「ありませんけど」

「もし君が話してくれたことで悩んでいるのなら、そうした専門家に話してみることを勧めるがね」

「あ、それなら大丈夫です。大変だなって思うけど、悩んではいませんから。心があるふりをするのにも慣れてるし。春佳さんのことも無実が証明できればいいけど、できなくても困ることはないし」

「母親に対して愛情とかは抱いていないのかね？」

「愛情……それも難しいんだよなあ」

櫻登は頭を掻く。

「誰かに愛情を持つっていうのも、僕にはよくわからないことなんです。いると楽しいとか、いないと寂しいとか、思わないでもないけど。春佳さんが死んでいなくなったのは寂しいです。僕を育ててくれてた間は優しかったし。でも死んじゃったんだから、もう会えないし話せないし、しかたないなって気持ちのほうが強いです」

「しかたない、か」

尚也は苦笑を浮かべる。

「母親の無念を晴らそうという気持ちは、本当にないのかね？」

「春佳さんは無実を主張してたわけではないです。疑いを晴らそうともしなかった。疑われたまま自殺しました。それを無念だとは思ってなかったんじゃないかなあ」

「……なるほど、いや、よくわかった。君は本当に興味深い人間だ」

「納得してもらえましたか。じゃあ、今度は尚也さんの番です。知っていることを教えてください」

「わかった。しかし少し時間をくれないか。書くのに時間がかかるのでね」

「書く？　話してくれないんですか」

「話すだけでは、この場で終わってしまう。書けば形に残るし、そのほうが都合がいい」

「都合って、何の？」

「法律上のあれこれだ。遺言状としての効力を失くさないようにしないと」

「遺言状を書くんですか。僕が知りたいのは——」

「私を信じてくれ」

尚也は櫻登の言葉を遮った。

「きっと君の意向に沿《そ》うようにするから」

「でも僕、身内でもないのに」

「君と話すのは、なかなか楽しい。まるで、孫と話しているみたいだ」

「孫とお祖父ちゃんって、こんな話をするんですか」

「知らんよ。少なくとも今まではなかった」

「仁史さんの息子さんとは、しなかったんですね」

「ああ、しなかった」

「腰骨を折られたんですよね？」

櫻登の言葉に、尚也は表情を変える。

「どうして知っている？」

「聞きました。仁史さんから息子がいるって」

櫻登は曖昧に答える。

「仁史の奴、そんなことまで話したのか」

尚也は誤解したまま、苦々《にがにが》しげに首を振った。

「あれは事故だ。マコトが——あの子が荒れたのを止めようとして、うっかり階段から落ちただけだ」

「事故だから警察沙汰にはしなかったんですか」

「そうだ。あの子が悪いわけじゃない。恨んでもおらん」

「でも、怖がってますよね」

「何だって？」

「この家の鍵、ドアも門も全部替えちゃったのって、お孫さん対策じゃないんですか。持ってる鍵を使って勝手に家に入ってこないように」

「それも仁史が話したのか」

「いいえ。これは僕の当てずっぽうです。少し跳躍してみました。当たったみたいだ」

「……つくづく怖い若者だな、君は。たしかに鍵を替えたのは、そのためだ。私ではなく仁史が決めた。自分の息子に怯《おび》えているんだ。今度は殺されるかもしれんと」

「そんなに恨まれてるんですか」

「仁史は、そう思っている」

尚也は言った。

「いつか息子に殺されるとな」

18　再び殺人

眠りの底から無理矢理引っ張り上げられるようにして眼が覚める。知らない毛布の肌触《ざわ》りに馴染みのない枕の感触。櫻登《はると》は自分がどこにいるのか、すぐには思い出せなかった。

意識の隅にあった違和感が、だんだん大きくなる。それは音だった。硬いものを叩く音と、誰かの声のようなもの。

――起きてください！

不意に、その声が明確な言葉となって鼓膜《こまく》を叩いた。咄嗟に起き上がる。

そして自分がどこにいるのか思い出した。村尾邸の客室だ。

――永山さん、起きてください！

声に聞き覚えがあった。急いでジーンズだけ穿《は》いてドアを開ける。予想どおりそこにいたのは篠崎だった。ひどく深刻な表情をしている。

「何かあったんですか」

尋ねると、

「旦那様が、亡くなっています」

強張《こわば》った声で、彼女は言った。その言葉の意味を理解するのに時間がかかった。

「亡くなったって……仁史さんが？」

「いえ、尚也様のことです」

「まさか。尚也さんが亡くなった？　だって昨日はあんなに元気だったのに……あれから具合が悪くなったってことですか」

「病気ではありません」

篠崎の顔は青ざめているように見えた。

「今、警察を呼んでいます。櫻登様はお部屋で待機しているようにと若様が――」

篠崎の言葉を聞き終わる前に、櫻登は部屋を飛び出していた。

尚也の部屋の開いていたドアから飛び込むと、仁史と美里が立っていた。ベッドには尚也が横たわっている。近付こうとすると仁史に止められた。

「君は部屋にいなさい。もうすぐ警察がくる」

「篠崎さんから聞きました。でも僕にも会わせてください」

櫻登は仁史の腕を擦り抜けてベッド脇に立った。

尚也は仰臥《ぎょうが》した状態で横たわっている。

「今朝八時半に、いつものように篠崎さんが起こしに来て、こうなってる父を発見したの」

美里が言った。

尚也が事切れているのは明白だった。どこも見ていない虚《うつ》ろな瞳に半分開いたままの口。そして頸《くび》に巻き付き食い込んだ紐《ひも》状のもの。櫻登はそれを凝視《ぎょうし》する。

「……縄跳び？」

緑色の樹脂製ロープの両端に木製の握りが付いている。子供が使う縄跳びのようなものだった。

「これ、絞殺ですよね。誰がこんなことをしたんですか」

櫻登の問いに答えはなかった。ふりかえり、仁史に繰り返す。

「誰が殺したんですか」

「知らん」

仁史は青ざめた顔で、短く言った。

「昨夜、君は私たちより遅くまで父と会って話をしていたようだが、何か変わったことはなかったか」

「変わったこと……いいえ、特には」

「何をしていたんだ？」

「何って、一緒にバーボンを飲んで……」

櫻登は室内を見回す。グラスもボトルも片付けられていた。

「部屋を出るときはバーボンを飲みながら書き物をしてました」

それが自分に向けて書かれたものであることは、言わなかった。

「何の話をしていたんだ？」

重ねての問いかけに、櫻登は答えた。

「僕のことや尚也さんのことや、それからマコトさんのことです」

「マコト……」

その名前を繰り返したのは、美里だった。

「違う！　あいつじゃない！」

言下に仁史が否定する。

「マコトには殺せない。第一あいつは門と玄関の新しい鍵を持っていない。家に入ることなんかできないんだ」

「門の鍵がなくても入れますよ」

櫻登は言った。

「あのフェンス、僕でも乗り越えられますから。でも家に入るのは無理かな。昨日はちゃんと施錠《せじょう》されてたんですか」

「もちろんだ。篠崎が毎日帰宅前に一度、家の施錠は確認している。そうだな？」

櫻登の後からやってきた篠崎に確認する。彼女は頼りなく頷いた。

「どうした？　まさか嘘をついているのか。昨日は確認していなかったのか」

「いえ、ちゃんと鍵が掛かっていることは確かめております。でも……」

「でも？　でも何だ？」

「その……」

言いよどむ篠崎に、

「意味がないのよね？」

美里が言った。

「いくら鍵を掛けても無駄。マコトは入ってこられるんでしょ？」

「どういうことだ？」

問いかける仁史に、篠崎は怯えた表情で、

「すみません。旦那様は黙っているようにと仰いまして……」

「父さんが？　何をした？」

「半月前、ここにマコトが来たの。兄さんが病院にいる間のことだけど」

代わりに美里が答えた。

「お金の無心だったみたい。父さんは小遣いをあげたそうよ」

「何だって⁉　そんなことがあったのか」

憤然《ふんぜん》とした表情で、仁史は妹を睨みつける。

「どうしておまえは、そのことを知ってるんだ？」

「後から篠崎さんに教えてもらったのよ。父さんがマコトにお金と、それから鍵を渡したって」

「鍵？」

「この家の新しい鍵。『おまえを決して除《の》け者にはしていないという証《あかし》として渡しておこう』って言ったんだって」

「なんて……なんてことだ。それじゃ鍵を替えた意味がないじゃないか！　どうして父さんはそんな馬鹿なことを……」

「マコトを爪弾《つまはじ》きにしたくなかったからじゃないかしら。こちらが疑っていたら、マコトも私たちを信じてくれないだろうからって思ったんでしょう。家を出るときにマコトは、もう二度と兄さんや父さんに危害は加えないと約束したそうだけどね」

「そんなこと、信じられるものか」

「そう、信じられないとわたしも思った。事実、そうなったし」

「おまえは本当にマコトが父さんを殺したと思っているのか」

怯えているような声で、仁史が尋ねる。

「ええ、マコトは兄さんを殺しに来たの」

「私を……？」

仁史は妹の言葉の意味を量《はか》りかねたのか訝《いぶか》しげな顔をしたが、すぐにその表情を変えた。

「まさか……そんな……」

「でも、殺されたのは尚也さんですよね」

櫻登が口を挟んだ。

「どうして尚也さんを？　目的を変えたのかな？」

「いいえ。変えてはいない。最初から兄さんを殺すつもりだった。でも、間違えたの」

「間違えた？」

「半月前まで、この部屋は兄さんが使っていたのよ。父さんの具合が悪くなったから、移動の楽なこの部屋に替わったの」

美里が何を言っているのか、櫻登はすぐに理解した。

「つまりマコトさんは仁史さんと尚也さんを間違えて殺してしまったと？」

「暗い中で犯行に及んだのなら、間違えてもおかしくないわ。父さんは痩せてしまって、シルエットだけなら兄さんと区別が付きにくいくらい似ているから」

「なんてことだ……あいつが、私を殺しに来たのか」

仁史はやるせなさそうに声を洩らした。

「こんなことなら、もっと早くにやってしまえばよかった。使い物になるのは体だけなのに……」

「でも……でも……」

櫻登は混乱する頭を整理しようと髪を掻きむしりながら、呟く。

「マコトは、今どこにいるんだ」

仁史が呟くように言う。

「千夏《ちなつ》さんのところじゃないの？」

美里が言うと、彼は首を振った。

「一年前に出てしまったらしい。千夏も居場所を知らないと言っていた」

「ちなつ……それ、仁史さんの前の奥さんですか」

櫻登が尋ねると、

「そうよ。今は円城寺千夏さん」

美里が答えた。

「円城寺……円城寺？」

その名前が櫻登の記憶を刺激した。

「仁史さんの息子さん、円城寺マコトって言うんですか。マコトはどう書くんですか」

「えっとね……説明が難しいわ。一文字なんだけど片仮名の『ム』の下に『兄』という字と同じ二本の足が付いてるの」

櫻登は頭の中で漢字を想起した。

允。

「円城寺允……」

その名前を呟く彼の耳に、パトカーのサイレンが聞こえてきた。

19 合鍵の謎

その日は面会が許されるまで時間がかかった。いつものように応対に出た新山が「今日は面会できません」と言うのを「会わせてください。お願いします」としつこく繰り返し、何度かやりとりをした後で一旦待合室に通され、そこで二十分ほど待たされてやっと部屋に行くことを許された。

桜崎は居間のいつもの椅子に腰を下ろしていた。一目見て具合が悪いことがわかった。顔色が良くない。姿勢を保つことも難儀なのか体が斜めに傾いでいる。しかしその視線は相変わらず強かった。

「何かあったのか」

問いかける声にも弱々しさはない。しかしそれが強がりなのかどうかわからなかった。

櫻登《はると》は短く答えた。

「村尾尚也さんが亡くなりました」

「え⁉」

桜崎の背後に立つ円城寺が声をあげた。驚きに眼を見開いている。櫻登はその様子をじっと見ていた。

「死因は？」

尋ねたのは桜崎だった。今度も短く答える。

「絞殺です」

「病死ではないのか」

「違います。子供用の緑色の縄跳びで絞め殺されていました。円城寺さん」

「え？　え？」

突然名前を呼ばれ、円城寺はうろたえている。

「どうして尚也さんはそんなもので首を絞められなければならなかったんですか」

「どうしてって……なんで俺に訊くの。俺は——」

「尚也さんの孫ですよね、円城寺允さん」

ぐっ、と円城寺が言葉を呑《の》む音が聞こえた。櫻登は桜崎に視線を向ける。

「桜崎さんは知ってたんですよね。このひとが村尾仁史さんの息子だって」

「ああ、知っていた」

「どうして教えてくれなかったんですか」

「ノイズだからだ」

「ノイズ？　雑音ってことですか」

「君は最初、何を目的にここにやってきた？」

「春佳さんが無実だということを証明するためです」

「君のその目的を達成することと円城寺の素性を知ることに関係はない」

「でも、尚也さんや仁史さんのことを話したときに教えてくれてもよかったじゃないですか」

「教えれば君は予断を持つ。円城寺と永山春佳君の間に何らかの関連があるのではと疑うだろう。それこそがノイズだ。今もすでに惑わされている。村尾尚也が殺害されたことと永山君の間に関係があると思うか」

「直接の関係はないです。でも——」

「目の前で起きた事件に動揺して、君は何もかも混同してしまっている。永山君のことと村尾尚也の事件とは分けて考えるべきだ。そして君が取り組むべきなのは母親の無実を証明することだ。別の殺人事件の捜査に立ち入るべきではない」

「だから、今日は春佳さんのことで来たんじゃありません。警察が円城寺さんを捜してます。尚也さん殺しの重要参考人として」

「俺を？　なんでだよ。俺が祖父ちゃんを殺すわけないだろ。だって俺、すごくお祖父ちゃん子だったんだ。小さい頃から懐いてて一緒に釣りに行ったり親父に隠れて玩具《おもちゃ》を買ってもらったりしてさ。そんな祖父ちゃんを俺が殺すなんて――」

「でも、尚也さんを骨折させたんですよね」

「あれは……」

円城寺の視線が泳ぐ。

「……あれはその、事故なんだ。そう、間違い。うっかり手が当たって祖父ちゃんが転んで階段から落ちて。ほんと、たまたまなんだ」

「仁史さんを殴って肋骨を折るついでに、ですか」

「いやそれは……だから……」

円城寺は口籠もった。櫻登は続ける。

「どうして仁史さんを殴ったんですか」

「……一言じゃあ言えない。いろいろあるんだ」

「いろいろって?」

「だから、いろいろだよ」

不貞腐《ふてくさ》れたように言い返してきた。それきり、ふたりとも口を鎖《とざ》す。

「話してあげなさい、円城寺君」

その沈黙を破ったのは、桜崎だった。

「櫻登は君の力になってくれるはずだ。協力するほうがいい」

「僕は殺人犯の手助けなんてしませんよ」

櫻登が抗弁すると、

「円城寺君が犯人だと決めつけているわけではあるまい？　その証拠に彼がここにいることを警察に話していない。話していたら君ではなく刑事がここに来ているはずだ。君は警察より先に円城寺君に会い、話をしたかった。そうだな？」

「……うん、まあ、そのとおりです」

櫻登は認めた。

「円城寺さんが犯人かどうか、わかりません。だから確認するために来ました」

「俺はやってないって」

「だったら話してくれませんか。あなたが本当に尚也さんを殺していないのなら、桜崎さんが言うとおりヘルプしてもいいです」

「でも、君を信じていいのかなあ」

円城寺は首を傾げてみせる。

「俺ってほら、結構シビアな人間でしょ。簡単にひとを信じたりできないわけ。桜崎さんはよくしてくれるし、給金も悪くないし、信じていいと思ってるよ。でも君はどうかなあ。俺より年下だし、あんまり頼りになりそうじゃないし」

「信じないなら、それでもかまいません」

櫻登は言う。

「僕を信じる信じないにかかわらず、警察があなたの行方を追っているのは事実です。ここにいることも遅かれ早かれわかるでしょう。あんまり自覚してないみたいだけど、円城寺さんって今、かなり深刻な状況にありますよ。尚也さん殺しの容疑者ランキングのナンバーワン」

「ええ？　嫌だなそれ」

「僕だって円城寺さんが無実だと信じてるわけじゃないです。今からでも警察に電話して、ここに円城寺允がいるって通報することも考えてます」

「やめろよ」

円城寺の声音《こわね》が変わった。先程までの鷹揚《おうよう》な雰囲気が消え、剣呑《けんのん》な顔付きになっている。

「警察に通報なんかするな。余計なことをするんじゃねえ」

威嚇するように肩を怒らせる。半袖から伸びた腕の筋肉が、臨戦体勢を取るようにくっきりと形を現した。炎のようなタトゥーも勢いを増したように見える。しかし櫻登は動揺しなかった。

「緑の縄跳び紐って、何か意味があるんですか」

静かな口調で尋ねた。

「もしかして、仁史さんに乱暴したことと関係があるんですか」

円城寺は櫻登に飛び掛かりそうな姿勢のまま黙っていたが、不意に全身の力を抜いた。

「櫻登君って、もしかして俺より強いのかな。だから余裕かましてる？」

「腕力で円城寺さんに勝てるとは思ってませんよ」

「だったら度胸が据《す》わってるのか。面白いね、君」

「よく言われます。それで、縄跳びって何ですか」

「あれは俺のトラウマだよ。そして親父のトラウマでもある」

円城寺は話しはじめた。

「村尾の家に行ったならわかるだろ。あそこの連中は自分たちのことを名門の生まれだと思ってる。だから村尾家に生まれたら医者になって村尾病院の院長になるように決められてる。でもさ、たった三代だよ。親父と祖父ちゃんと曾祖父《ひいじい》ちゃんが医者だったたってだけ。その前は何者だったか教えてもくれない。きっとたいしたことのない武士か、あるいは農民だったのかもね。家の伝統なんて明治になって急ごしらえした紛《まが》い物なんだよ。それを後生《ごしょう》大事に守って、今度は俺に担《かつ》がせようとした。冗談じゃない。俺は医者になる気はなかった。もっと大きなことができる人間なんだ。世界を股にかけた大きなことがさ。何だと思う？」

「体の鍛えかたからすると、スポーツ系の何かですか。多分格闘技だと思うけど」

「正解！　俺、ボクシングの世界チャンピオンになりたかったんだ。ラスベガスで試合をしてさ。ノックアウトで勝って大金を手に入れて、金髪のねえちゃんと豪遊するんだ。そのために子供の頃から体を鍛《きた》えてた。なのに親父は許してくれなかった。おまえは医者になる運命だって、村尾病院を継ぐのが義務だって、そう言って俺に無理矢理勉強させたんだ。トレーニングとかしたいのに小学校に入ってすぐに医大進学のための勉強をさせられて、ジムに通うことも許してもらえなかった」

円城寺の眼に暗い炎が浮かぶ。

「小学五年のときだった。俺、家の庭の隅でこっそり縄跳びをしてた。ボクシングのトレーニングで縄跳びは基本だって聞いたからさ。家の誰かに見られないように隠れてやってたんだ。でもそれを親父に見つかった。親父は俺から縄跳びを取り上げて、二度とするなって言った。俺は縄跳びを返してくれって言った。でも返してくれなかった。こんなことをする暇があったら勉強しろってさ。俺は自分の気持ちを正直に言った。医者になんかなりたくない。俺はボクサーになりたいんだって。そしたら親父はもっと怒りだして、ボクシングなんかするような人間はクズだって言った。クズだぞクズ。俺が大好きなものをクズって言ったんだ。そのとき、俺の中で何か壊れたんだよ。それまで言うことを聞くしかないと思ってた親父のことを、本気で憎んだ。それで親父の手から縄跳びを無理矢理取り上げて、それで親父を引っぱたいてやったんだ。ピシッてさ。親父、びっくりして悲鳴をあげた。まさか息子がそんなことするとは思ってなかったんだろうな。俺はもっと縄跳びで叩いてやった。鞭《むち》で動物を調教するみたいにさ。ピシッ、ピシッ！」

そのときの様子を再現するように、円城寺は手を振った。

「親父はその場にうずくまって『やめろ、やめろ』って言うしかなかった。いい気味だった。あのときおふくろが出てきてやめさせなかったら、もっと叩いてたろうな。おふくろは俺を親父から引き離して説得した。おまえの気持ちもわかるけど父さんの気持ちもわかってくれって。父さんを説得するからボクシングの夢と医者になることを両立させてくれって言われたよ。俺はおふくろのことは大好きだったから、悲しませたくなかった。だからわかったって言ったんだ」

「それで、ボクシングと勉強を両方がんばったわけですか」

「俺なりにね。でも勉強はほんと、できなかったな。数学は中学の頃からまるでわからなかったし、高校に入って英語や物理もちんぷんかんぷんになった。試験の成績も赤点取らないようにするのがせいぜいだったし。なのに親父は自分の夢を諦めきれなくて、とにかく医大を受けさせようとした。それ以外の学部は駄目だって。結果はわかるよな。全滅。見事なくらい全部落ちたよ。そしたら親父、また怒ってさ。どうして落第するんだって怒《ど》鳴《な》った。当然だろって俺は言い返した。あんたの息子は頭が悪いんだから。そしたら親父は言うんだ。そんなはずはない。村尾家の人間が頭が悪いわけがないってさ。これってさ、おふくろが悪いって意味だよな。さすがに俺も激怒しちゃったんだよ。おふくろを馬鹿にするなって言いながら親父を殴りつけた。また親父の奴、縄跳びのときみたいにびっくりして逃げ出そうとした。それを追いかけてボディに一発食らわしたんだ。どうなったと思う？　キャンって言ったんだ。親父が、キャンって、犬みたいに」

　面白くてたまらない、といった様子で円城寺は笑った。

「ほんと、馬鹿みたいだった。こんな奴が父親面《づら》して俺にあれこれ指図《さしず》してたのかって思うと情けないくらいだった。情けなくておかしくて、腹が立った。もっと殴ってやろうと思った。でもそのとき、祖父ちゃんが止めに入ったんだ。俺、ちょっと頭に血が上ってたみたいでさ、押さえつけようとしてきた祖父ちゃんを振り払ったんだ。そしたら祖父ちゃん、バランスを崩して階段を落ちちゃった」

　そう言って彼は肩を竦《すく》めた。

「まあ、結果的に親父と祖父ちゃんを骨折させちゃったんだ。さすがにちょっとやりすぎたかなって思ったよ。でも俺は悪くない。俺は親父に人生を壊されたんだから。ボクシングのプロ試験にも不合格だったし。受験勉強なんかせずにトレーニングしてたら、絶対に受かってたはずなのにさ。親父のせいで俺の一生はおかしくなっちまった。このままだと親父の顔を見るたびに思い出して腹が立って、またぶん殴りそうだった。さすがそれはまずいから、俺はあの家を出ることにしたんだ。そしたらおふくろも一緒に出るって言った。おふくろも村尾の家には愛想《あいそ》が尽きてたみたいでさ。結局離婚。あの家と縁が切れて清々《せいせい》した。ただ、その後で脳動脈瘤が見つかってさ、俺は絶対親父の世話になんかなりたくなかったんだけど、おふくろが泣きついて診《み》てもらった。でも親父でも治せないって言われて、その代わりにこのホスピスを紹介された。ここで定期的に脳の診断を受けてるんだ。何かあったら治療してもらえる。診察代とかは桜崎先生の世話をすることでちゃらにしてもらってる。悪くない待遇だよ。だって桜崎真吾の世話だよ。我ながらすごいと思う。俺さ、映画館で映画を観たのって一回しかないんだけど、それが桜崎真吾主演の『丘の一族』だったんだ。あの映画、好きだなあ。ねえ桜崎さん、あれ、いい映画でしたよね」

「悪くはない作品だった」

桜崎が億劫《おっくう》そうに応じる。

「ただ、最高の作品とも言えない。満足できる作品は他にある。それを観るようにと前々から君に言ってるんだがね」

「駄目ですよ。他のを観て『丘の一族』のイメージを崩したくないんです。こればっかりは桜崎先生の意見でも聞けません」

円城寺は腕組みをして背筋を反り返した。

「えっと、ところで何の話だっけ?」

「縄跳びで尚也さんが絞め殺されたという話です」

　櫻登が軌道修正する。

「仁史さんの部屋ってどこだかわかりますか」

「親父の？　ああ、二階の一番奥だ。あの屋敷で一番広い部屋だった。それがどうかした？」

「そこは今、尚也さんが使ってます。その部屋で尚也さんは殺された。この意味、わかります」

「意味？　どういうこと？　全然わからないんだけど」

　円城寺はきょとんとした顔になる。

「尚也さん殺害の凶器は、あなたが子供の頃に仁史さんに歯向かったときのことを思い出させるものということですね。そしてあなたは以前まで仁史さんが使っていた部屋に今は尚也さんが寝ているということを知らなかった」

　そこまで説明されても、円城寺は理解できないようだった。櫻登は言った。

「つまり、あなたは仁史さんと間違えて尚也さんを殺した」

「ええっ？　なんでそうなるんだよ？　だから俺、祖父ちゃんを殺してなんかないって言ってるだろ！」

　円城寺はいきり立つ。櫻登はあくまで冷静に、

「そう思われてもしかたない状況にあるってことです。本当に尚也さんを殺してないのなら、それを証明しなければ」

「だからやってないって。俺がそう言うんだもの。これ以上の証明はないだろ」

「それじゃ駄目ですよ。いいですか。無実を証明するってことは客観的な事実が必要なんです」

櫻登は嚙んで含めるように言う。

「尚也さんの死亡推定時刻は僕にはわかりません。でも僕が尚也さんの部屋から出たのが昨日の二十二時十五分頃で、篠崎さんが尚也さんの遺体を発見したのが今日の八時半。その間のアリバイはありますか」

「アリバイ？　やっぱり俺を疑ってるのかよ？」

「だから、疑ってるのは僕より警察ですって。その時間、何をしてました？」

「昨日は……ここを六時に出て飯を食って、家に戻ったのは八時頃だったかな。寝たのが一時くらいで起きたのは七時。それからまたここに出勤してきた」

「証明してくれるひとはいますか」

「いるわけないじゃん。独り暮らしなんだし。俺が嘘ついてるっていうのかよ」

「僕が言うんじゃありません。警察がそう判断するってことです。ねえ桜崎さん？」

声をかけたが、桜崎は座ったまま眼を閉じていた。

「どうしたんですか。大丈夫ですか」

「……ああ、問題はない」

桜崎は薄く眼を開ける。

「少し、疲れているだけだ」

「先生、もう休みます？」

円城寺が心配そうに尋ねたが、桜崎は首を振る。

「もう少し、櫻登の戯言《ざれごと》に付き合ってみよう。君は本当に円城寺君を疑っているのかね？」

「いいえ。これっぽっちも」

櫻登は断言する。

「わざわざ自分の仕業《しわざ》だと誇示するように縄跳びを使ったりするなんて、あり得ません。あれは円城寺さんに疑いを向けさせるための小道具です」

「では、誰が村尾尚也を殺したか、わかっているのかな？」

「はい」

「え？　そうなの？」

円城寺がびっくりしたように眼を見開く。櫻登はそれを無視して桜崎に言った。

「誰が殺したかはわかってるけど、なぜ殺したのかわかりません」

「動機など、警察に調べさせればいい。欲にせよ恨みにせよ、どうせつまらない話だろうからな」

「そうかもしれませんね。僕も人を殺す動機なんてあんまり興味ないかな。あ、でも、来宮さんがなぜ殺されたのかは気になります。春佳さんが庇《かば》った理由も」

「君は永山君が真犯人を庇ったと思っているのか」

「そうでないとしたら、わざわざ自分が犯人と受け取られるような言いかたはしないと思います。だから――」

「ちょっとちょっとちょっと！　ちょっと待ってよ」

円城寺がふたりの会話を遮った。

「話の途中で他の話題になっちゃってるけどさ、その前に言うことがあるでしょ」

「何のこと？」

「だからさ、誰が祖父ちゃんを殺したかってことだよ」

「ああ、そんなことか」

「そんなことかって何だよ⁉　桜崎先生と君はわかってるみたいだけどさ、俺はわかんないんだよ」

円城寺は櫻登に迫った。

「いいから教えろよ。誰が祖父ちゃんを殺したんだよ？」

顔を紅潮させて言い募《つの》る円城寺に、櫻登は頭を掻きながら、

「そうか、話さないとわかんないか」

「当たり前だろ。誰がやったんだよ？」

「円城寺さんが家に侵入して襲ってくることを恐れた仁史さんは、家の鍵を全部交換した。でも尚也さんはあなたを信用して新しい鍵を渡した。そうですね？」

「ああ、そうだよ」

円城寺はポケットからキーホルダーを取り出した。

「ここに祖父ちゃんから渡された鍵がある、でも一度も使ったことなんか――」

「渡された？　誰に？」

「だから祖父ちゃんにだよ」

「違うでしょ。あなたに鍵を手渡したのは別のひとですよね。尚也さんに金を無心に行ったとき、一緒に渡された」

「ああ、そうだよ。新しいメイドが持ってきてくれた」

「美里さんも、そのことを知っていました。『父さんが允にお金と鍵を渡した』と、後でメイドの人から聞いたと、言ってました。でもこれ、ちょっとおかしいです。まるで尚也さんが直接あなたに渡したみたいに受け取れてしまう。実際、美里さんはそう認識しているんだと思います」

「だからそれがどうしたって?」

「尚也さんが本当に自分の意思であなたに鍵を渡したのかどうか、知っているのはただひとりです。でもそのひとが嘘をついていたとしたら。尚也さんは金しか渡すつもりはなかったけど、そのひとが前もって用意していた合鍵を一緒に渡した。尚也さんからですって言って」

ここまで説明されて、やっと円城寺も理解できたようだった。

「じゃあ、あのメイドが……?」

「そう、篠崎さんです。あのひとがあなたを犯人と疑われるように、お膳立てしてしまいました」

「あの女が祖父ちゃんを殺したのか」

「そう疑っていいと思います」

「でも、どうして?」

「さっきも言いましたけど、理由はわかりません」

「そのこと、警察に話した?」

「いいえ。鍵を渡されたときの状況を円城寺さんに確認しないと確信が持てなかったですから」

「じゃあ、これから警察に行こうぜ」

「それはちょっと待ってください。まだ桜崎さんと話したいことがあるんで——」

「そんなこと言ってる暇なんかない。俺が疑われてるんだろ？　冤罪で捕まるなんて嫌だからな。さあ」

円城寺は櫻登の腕を摑《つか》んで、無理矢理連れ出そうとする。

「あ、待ってくださいよ」

抵抗しようとしたが、力は円城寺のほうが上だった。

「桜崎さん、なんとか言ってください。僕はまだ桜崎さんと――」

抗議しかけたときだった。部屋のドアがノックされた。円城寺が櫻登の腕を放し、ドアを開ける。

そこにいたのは新山だった。後ろにふたりの男性が立っている。

「警視庁の方が、円城寺さんにお話ししたいそうです」

新山が少し緊張した声で言った。円城寺は咄嗟に櫻登のほうに振り返った。

「こちらから出向かなくてもよくなりましたね」

櫻登は言った。

20　ある推理

紅茶は櫻登《はると》自身が淹《い》れた。それを持って今までいた部屋の奥にある寝室に入ると、桜崎がベッドに横になり、眼を閉じていた。刑事たちに同行する前に円城寺が着替えさせ、ベッドまで運んだのだった。

ベッド脇のテーブルにティーカップを置き、スツールに腰を下ろす。枕元の照明に照らされた桜崎の顔には陰影が深く刻まれ、精気が感じられなかった。それでもベッドの上に乗って寄り添っているミラージュの白い毛をゆっくりと撫でている。

「行ったか」

短く彼は問いかけた。

「はい。さんざん文句を言ってましたけど、諦めて刑事と一緒に出ていきました」

「ここからも聞こえた。円城寺は私に対しては従順だが、社会生活を送るには難のある人間だ。致命的な欠陥は自分が置かれている状況を理解できないところだろう。父親との軋《あつ》轢《れき》も、その認識不全が原因だと思われる」

「どうして円城寺さんを介護人にしたんですか」

「佐澤院長からの推薦だ」

「彼が仁史さんの息子だってことは知ってたんですか」

「後から聞いた。なかなか有用な人間だ」

「円城寺さんのことは評価してるんですね」

「使い勝手がいいのでね。どうしても手許に置いておきたい。警察に留《と》め置かれるとしても、せいぜい一日だろう。それ以上は、私も待てない」

「僕がちゃんと説明しましたから、多分大丈夫だと思います」

　櫻登は言った。

「円城寺さんは一応話を聞かれるだけで、すぐに帰してもらえますよ」

「明日帰って来なかったら、誰かを迎えに行かせなければならん」

「そんなに円城寺さんのことが心配なんですか」

「心配などしていない。ただ彼が必要なだけだ」

　桜崎は頑なに言い続けた。そして痛みを堪えるように表情を歪める。

「具合、悪いんですか」

「良くはないな」

　桜崎はミラージュを撫でていた骨張った指で自分の額《ひたい》を擦《さす》る。

「足許から染みるように、ひたひたと死が迫ってくるのがわかる。鎮痛剤の効果も期待できなくなってきた。かといって過剰《かじょう》な投与は避けたい。意識が混濁《こんだく》してしまうのは痛みに耐えるより嫌だからな。しかしもう、そうした抵抗も無駄になってくるだろう。君とまともに話をすることができるのは、今日が最後かもしれない」

「それは困りますね。まだ話したいことがたくさんあるのに」

「君が無駄なことをしているからだ。母親の冤罪を晴らすのではなかったのかね。なのに関係のない事件にまで首を突っ込んだりして寄り道しているから時間切れになるんだ」

「それは反省してます。僕はもっと跳躍するべきでした。今からでもいいですか」

「ここで飛び跳《は》ねるのはやめてもらいたい」

「自分の考えを話したいんです。どこまで跳ぶことができたか確かめたい」

桜崎は額に置いていた手を目の前に持ってくる。自分の指を初めて見るような目付きで眺めながら、

「命というのは不思議なものだ。形はなく見ることもできない。なのに間違いなくそこにあり、そして突然消える。私は舞台や映像の中で何度も死んでみせた。芝居の中の死というのは、生者が想像したものだ。死んでいく人間とはそういうものだろうと頭で考えて作り上げる。私も想像しながら死を演じた。その死が間近に迫っている今、それは演じてきたものとはまるで違うとわかった。死もまた不思議なものだ。遠く縁のないもののように

感じられているのに、じつはいつも身近にいる。そして不意に襲ってくる。しかも死を認識することはできない。死んだ瞬間、その死を認識すべき者の意識は消えてしまうからだ。我々は生しか体験できない。この事実を前にして虚無《きょむ》感に囚《とら》われないように自分を保つことは相当に困難だ。私は冷静に見えるかね？」

「見えます」

「だとしたら、それは長年の演技経験の賜物《たまもの》だろう。ここに至っても私は自分をコントロールし自分の作ったシナリオに従って桜崎真吾という人間を演じている。そして、するべきことをしようと思っている」

「するべきこと？」

「君の現時点での考えを聞きたい。君は誰だね？」

「僕は、永山櫻登です。永山春佳の息子」

「父親は？」

桜崎の問いかけに、櫻登は答えた。

「村尾拓斗」

「そう考えた理由は？」

「拓斗さんは一九九八年に来宮莉子さんの家に出入りするようになりました。その頃、春佳さんも同居していました。ふたりが接近してもおかしくないです。それともうひとつ、村尾家のひとたちの態度」

櫻登は紅茶を一口啜る。

「あのひとたち、僕に対してフレンドリーすぎます。家を捨てて出て行った来宮さんが引き取った娘の子供なんて、ほぼ縁のない人間なのに、とても親切にしてくれる。親切すぎるんです。まるで肉親みたいに。多分、あのひとたちは僕が拓斗さんの子供だってこと、知ってるんですよ」

「そのことを彼らに確かめたのかね？」

「いいえ、まだです」

「私には、会っていきなり『あなたは僕の父親か』と尋ねたではないか。何を躊躇している？」

「躊躇なんかしてません。次に会ったら訊くつもりです」

「つまり、その考えに至ったのはつい最近ということなのだな？」

「最近も何も、桜崎さんがさっき『父親は？』って訊いた瞬間に思いついたんです。ああそうかって」

「遅いな。もっと早くに気付くべきだった」

「僕もそう思います。自分のことになると鈍《にぶ》くなるのかな。でも、桜崎さんは気付いてたってことですか」

「君が村尾仁史に初めて会ったとき、彼は何と言った？」

「……あ、そうか。仁史さんが僕が来宮さんを殺したと勘違いしてると思って、僕は殺していないって言ったら仁史さん、『世が世なら尊属殺人は極刑だ』なんて咄嗟に言っちゃってた。ああ、あのときに気付くべきだったな」

櫻登は自分のこめかみを拳《こぶし》で叩く。

「僕はやっぱり駄目だな。間抜けだ。でも」

「そう。でも、だ」

桜崎は繰り返した。

「君にもすでに結論が見えているだろう」

「見えてます」

櫻登は答えた。

「僕の父さん——村尾拓斗は殺された」

櫻登は言葉を切って、桜崎の反応を窺《うかが》った。彼は少しの間を置いて、言った。

「君の考えを聞こう」

「……一九九八年十二月二十一日に拓斗は暴走車に撥ねられて死にました。運転手が心臓発作を起こして車が表参道の歩道に突っ込んだのは、まったくの偶然です。そこに来宮萠子さんと春佳さんと、そして拓斗がいたのも偶然。でも三人が揃《そろ》っていたのは偶然じゃない。一緒にそこを訪れていたんです。正確には僕もその場所にいた。春佳さんの胎内に。まあ、それはあんまり関係ないんだけど」

桜崎は眼を閉じて聞いている。櫻登は続けた。

「現場に居合わせた溝中光恵さんの話によると、事故が起きたとき春佳さんは泣きながら『どうしてあんなことしたの』と言って、来宮さんを見ていたそうです。春佳さんは来宮さんが何をしたと言ってたんだろうって、ずっと気になってました。でも拓斗が僕の父親で表参道に三人で来ていたとなると、この言葉の意味がわかってきます。来宮さんは何かした。そのことで拓斗が死んだ」

再び紅茶で口を湿らせる。

「来宮さんは春佳さんを引っ張って現場から逃げようとしていた、と光恵さんは言ってます。自分の息子が目の前で車に撥ねられたのに、どうしてそんなことをしたのか。なぜ逃げなければならなかったのか。ふたつ理由があると僕は思います。ひとつは関係者だと知られたくなかったということ。拓斗が来宮さんの家に出入りしているのは当時、誰にも明かされていませんでした。家に出入りしていた編集者の小松さんにも言わなかった。秘密にしておきたかったんでしょう。

もうひとつの理由は、自分のしたことから逃げ出したかったということ。僕がネットで見つけた当時の記事によると、拓斗は自分から飛び込むようにして轢かれた、と書かれてました。パニックを起こしたのかと推測されてたけど、そうじゃなくて、誰かに突き出されて暴走車の前に出てしまったのだとしたら。僕はその誰かというのが来宮さんだと思ってます」

「桜崎さん、聞いてます？」

「聞いている」

桜崎は眼を閉じたまま応じた。

「来宮崩子は自分の息子を暴走車の前に突き出して殺した。そう考えるのだな？」

「はい。間違ってますか」

「いや。私の考えも同じだ。彼女は車の暴走を利用して、咄嗟に拓斗を突き出した。動機は……これもまた調べる必要のない、つまらないことかもしれんがね」

「いえ、つまらなくはないです。少なくとも僕にとっては」

櫻登は言った。

「犯行直後の春佳さんの行動も気になります。目の前で来宮さんが拓斗を突き飛ばして殺した。それを見ているから『どうしてあんなことしたの』と尋ねている。でも、尋ねているだけです。お腹の子供の父親が車に撥ねられているのに、駆け寄るどころか来宮さんに促されてその場から離れようとしている。愛情を抱いている相手に対する態度とも思えません。

つまり、春佳さんは拓斗に好意を持っていなかった」

話しているうちにぬるくなった紅茶を一息に飲み干す。

「これから来宮さんの家に行って、確かめてこようと思ってます」

「何を？」

「僕の推論が正しいかどうかを。その後でもう一度、会ってもらえますか」

「今日はもう無理だ。疲れた」

「じゃあ明日」

「強引だな。条件を三つ出す。それが揃えば承諾しよう。ひとつ、円城寺がここに戻っていること。ふたつ、君が私に話すべき結論を得ていること。そして最後に、私がまだ生きていること」

「ふたつめは努力します。他のふたつは運次第です」

「私も努力しよう」

そう言って桜崎は擦り寄ってくるミラージュの頭を撫でた。

21　証拠映像

渋谷の街外れにある高級住宅地、松濤の中央あたりに、来宮萠子の家は建っていた。

一年以上住む者がいない家だが、空家という印象は受けない。いささか古びているだけだった。

「なんか、普通の家よね」

茉莉が率直な感想を口にした。

「来宮萠子が住んでた家だから、もっと文学者っぽい感じかと思ってた」

「文学者っぽいって、どんなの？」

「えっと、なんて言うか……雰囲気がね、文学的っていうか、まあ、そんなの。早く入りましょ」

茉莉は言葉を放り出して鉄製の門に手を掛ける。

「待って」

櫻登《はると》はポケットから鍵を取り出して門を開いた。

前庭には椿《つばき》が植えられている。地面は雑草に覆われていた。玄関ドアはチークらしい木製でシンプルなデザインだった。青銅色のドアノブは使い込まれたような光沢を放っている。その下にある鍵穴に差し込む鍵もアンティークな装飾を施されたものだった。

ドアを開けると、少し埃っぽい空気がふたりを迎えた。

「わあ、広い」

茉莉が呟く。玄関フロアは天井が吹き抜けになっていて贅沢《ぜいたく》なくらい広く作られていた。しかし櫻登は上を見ることなく腰をかがめ、上がり框《かまち》から延びる廊下を眺めた。

「埃が溜まってる。しばらく誰も掃除をしていないみたいだな。持ってくればよかった」

「何を?」

「清掃道具。仕事で使ってる道具ならこれくらいの家、僕ひとりで掃除できるから」

「そんなことのために来たんじゃないでしょ」

茉莉はホルダーに収まっていたスリッパを手に取ると、靴を脱いで上がった。櫻登もそれに倣《なら》う。

まずは一階から見ていく。手前にトイレや風呂場があり、その奥にダイニングキッチンがあった。櫻登は食器棚のガラス戸を開け、中を検分する。皿やコップや器が整然と並んでいた。

櫻登は陶製の茶碗を取り出す。跳ねる兎《うさぎ》が描かれているものと赤い鯉《こい》が描かれたもののふたつ。どちらも縁が少し欠けていた。形や色合いからすると同じところで作られた模様違いのもののようだった。

「来宮萠子が普段に使ってたお茶碗ね。もうひとつは来客用かな？」

「それにしては使い込まれているよ。きっと片方は、春佳さんがここにいるときに使ってたものだろうね」

ふたりは次に冷蔵庫やコンロの下の棚などを開いて覗いていった。

「来宮萠子って、ちゃんと料理はしてたみたいね。意外。子供や旦那を捨てて出て行ったっていうから、家事はしないんだと思ってた」

櫻登はそれにコメントすることなくダイニングへと移動する。テーブルに椅子がふたつ、向かい合わせに置かれている。櫻登はうずくまってクッションフロアの床面を見つめた。

「どうしたの？」

「このふたつ以外にもう一脚、椅子が置かれてた。その痕が床に残ってる」

「前は三人がここに座ってたってことね。来宮萠子と永山春佳と、それから村尾拓斗？」

「そうだろうね」

櫻登はその後もあちこち調べた後、ダイニングを出ていった。茉莉はその後をついていく。

一階には他に客間らしい和室と納戸《なんど》があった。和室は八畳で押し入れが付いている。ブラウン管タイプのテレビも置かれていた。

「まだこんなテレビ、あったんだ。映るのかしら？」

「無理だね」

テレビのまわりを調べていた櫻登が答える。

「地上波デジタルのチューナーが付いてない。今の放送は観られないよ。でもそれでもよかったのかも」

テレビの下の台を開くと、黒い機械とグレイの機械が収められていた。

「こっちの小さいの、ゲーム機？」

「プレイステーションの最初の型だよ。僕も現物は初めて見た。それとこっちの黒いのは、多分ビデオデッキ」

「ああ、お祖父ちゃんのところにあったの覚えてる」

機械と一緒にゲームソフトも見つかった。格闘ものや自動車レース、サッカーなどだった。

次に櫻登は押し入れを開ける。黴《かび》臭い布団が詰め込まれていた。それを掻き分け、奥に手を差し込む。出てきたのは雑誌類だった。

「『プレイボーイ』『ベストカー』『週刊アクション』……男性雑誌ばかりね」

さらに櫻登は押し入れを探る。次に見つかったのは黒いセカンドバッグだった。

「これも男物だな」

開いてみるとサングラスやボールペン、キーホルダーなどが無造作に収められていた。その中にプラスチック製のカードが一枚。

「それ何？」

「レンタルビデオ店の会員証。ほらここ」

櫻登はカードを指差した。記名欄に「TAKUTO MURAO」とボールペンで書かれている。

「タクト・ムラオ」

「この部屋に村尾拓斗が住み着いてたようだね」

「櫻登君の推理が的中したね。さすが」

茉莉の称賛を受け流すと、櫻登はさらに押し入れの中を探った。出てきたのは長方形の物体だった。

「これも現物を見るのは初めてだな」

「もしかしてビデオテープ？」

「たしかVHSとかベータとかいうんじゃなかったかな。僕も詳しくないけど」

ケースからビデオテープを取り出す。ラベルには手書きで「1998.5.28 IN PROOF OF」

と記されている。

「『O』の書きかたがさっきの会員証と同じだ」

櫻登はテレビのところに戻り、ビデオデッキの電源を入れてみる。

「使えそうだけど……使いかたがわからない。茉莉さん、わかる?」

「わたしだってビデオテープなんか使ったことないわよ」

ふたりでいろいろ試しながら挿入口を開けてテープをセットし再生ボタンを押すまでに十分ほどかかった。

「前に観た昔の映画を思い出すわね」

茉莉が画面を見つめながら言った。

「ビデオテープに映ってる映像を見ると呪われて一週間後に死ぬってやつだったけど。これも呪いのテープかな」

やがて映像が映った。畳の上に布団が敷かれ、そこに全裸の女性が横たわっている。

「何これ? AV?」

茉莉が呟いた。

女性は動かない。眠っているように見える。

男性がフレームインしてきた。同じく全裸だった。

カメラは固定されている。全裸の男女をほぼ真横から映していた。男がちらりとカメラのほうを見る。それから女性に近付き、両足の間に自分の体を入れた。

「これって……」

茉莉が声を洩らす。男性は腰を落とすと横たわる女性に自分を重ねた。それから何度も腰を振る。そのたびに女性の乳房が揺れた。映像はただ単調に男の行為を映していた。

やがて男の動きが止まる。大きく息をついた彼は女性から体を離し、怒張《どちょう》したままの性器を晒《さら》してカメラに近付く。彼の手がフレームの外に伸び、そして映像が途切れた。

「これ、いわゆる裏ビデオってやつかしら？」

「プライベートなね」

櫻登はビデオテープをデッキから取り出した。

「たしかに素人が撮《と》った映像っぽかったけど。誰かからもらったのかな？」

「いや、自分で撮ったんだよ」

櫻登はテープを見つめながら言った。

「あの男、多分村尾拓斗だ」

「え？　拓斗本人？　自分で裏ビデオ撮ったの？」

「そうだろうね」

「相手の女性は？」

「春佳さん」

「……え?」

「春佳さんだよ。若い頃の春佳さんに間違いない」

「え……でも、櫻登君……」

茉莉は声を失くしている。櫻登はしかし、声も表情も変わらなかった。

「『IN PROOF OF』……『証拠として』か」

「証拠って……」

「春佳さんは意識がなかったみたいだ。薬か酒か飲ませたんだろうね。その上でレイプしてビデオに撮影した」

「なんで……なんでそんなことを?」

「支配するためだよ。春佳さんと、それから来宮さんを。このビデオを証拠にして、ふたりを従わせたんだ。従わなかったら、これをおおっぴらにするとかなんとか言って」

「そんな……」

「来宮さんが表参道で暴走する車に拓斗を突き出したのも、それを春佳さんが咎めなかったのも、これですんなりと理解できる。拓斗はいなくなったほうがいい人間だったんだろうね。茉莉さん、誕生日はいつ?」

「え?」

唐突に尋ねられ、茉莉はうろたえる。

「えっと……七月十八日だけど……」

「僕は一九九九年二月十四日なんだ。計算は合う」

手にしたビデオテープのラベルを見ながら、櫻登は言った。

「みんな自分の誕生日は知ってるけど、自分がいつ受精したかは知らないよね。でも、僕はわかった。きっと、この日だよ。一九九八年五月二十八日」

22 道化師像

茉莉が近所のコンビニで買ってきたおにぎりとペットボトルの緑茶で腹ごしらえをした。

「櫻登《はると》君、大丈夫？」

「ん？　何が？」

「だって、あんなもの見ちゃって……大丈夫なの？」

「それは、自分の母親がレイプされて、その結果自分が生まれたということを知ったのでショックを受けていないか、ということ？」

「…………」

「だったら心配しなくていいよ。全然気にしてないから」

櫻登は鮭《さけ》にぎりを食べながら言った。

「茉莉さんだったら、やっぱり悲しいと思う？」

「悲しいとかじゃなくて、とにかくショックよ。こんなの、受け入れられない。自分の母親があんな酷い目に遭って……」

　茉莉はおにぎりの包装も剝《む》かないまま、櫻登を見つめる。

「本当のこと言うとわたし、櫻登君が信じられない。どうして平気でいられるの？　怒ったり泣いたりしないの？」

「怒ることも泣くことも、やろうと思ってできることじゃないでしょ。自然にそういう感情が起きるんじゃない？」

「そうだけど……櫻登君は怒ったり泣いたりしないの？」

　問われた櫻登はおにぎりを食べる手を止めて考える。

「……ないことは、ない。自由が束縛《そくばく》されたり思ったことができなくなると腹が立つし、悔しくて涙が出たこともあるよ」

「そういうことじゃなくて、わたしが言いたいのは――」

「僕は空っぽの道化師なんだ。他のひとが気にすることを気にしないし、他のひとが気にしないことが気になる。どこか壊れて、ずれてる」

「……そういうところは、前から感じてたけど。でも、壊れてるっていうのは、ちょっと」

「違うかな？」

「……わからない。わたしには櫻登君のこと、わからない」

茉莉は首を振り、ペットボトルの緑茶を一口飲んだ。

「食べ終わったら探検を続けるよ。茉莉さんは食べないの？」

「……食べるわよ」

チャイムが鳴った。茉莉はびくりと体を震わせる。

「誰？　誰？」

「あ、来た」

櫻登は食べかけのおにぎりを置き、玄関へと向かった。

ドアを開けると、男性がひとり立っていた。

「どうも。遅くなって悪いね」

男性は一礼する。六十歳くらいの年格好で、背はあまり高くない。痩身《そうしん》にチャコールグレイのスーツを纏っている。

「大丈夫です。ちょっと今、お昼食べてましたから」

後からやってきた茉莉が怪訝そうにしているのを見て、男性が言った。

「あなたが茉莉さんですか」

「あ、はい……」

「櫻登君から話を聞きました。私、弁護士の進藤登美雄と申します」

「来宮さんの顧問弁護士さん。今日の探検のことを話したら、自分も立ち会いたいって」

「来宮先生のことは、私も気になりますのでね」

進藤は微笑んだ。

「それで、何かわかりましたか」

「ええ、僕の父親が誰なのか確定できました。ビデオ、観ますか」

「ビデオ?」

「ちょ、ちょっと櫻登君」

茉莉が慌てて止めた。

「そんなに見せるものじゃないから」

「でも、観てもらったほうが理解してもらえるんじゃないかな」

「駄目!　絶対に駄目!」

櫻登と茉莉のやりとりを、進藤は不思議そうに見ていた。


「それは……なんと申していいやら……」

櫻登からビデオのあらましを聞いた進藤は、困惑した表情を浮かべた。

「進藤さんは、ここに村尾拓斗が住み着いていたことを知っていましたか」

櫻登の質問に、彼は首を振った。

「顧問弁護士といっても個人的なお付き合いはほとんどありませんでしたから。このお宅にお邪魔することもなかったですし。しかしまさか、そのようなことが起きていたとは。来宮先生は訴えなかったのでしょうか……いや、無理ですね。自分の息子のことですし」

「それにビデオをみんなに見せると脅《おど》されたら、従わないわけにはいかなかったと思います。だから警察には訴えないで、自分の手で拓斗を殺すしかなかった」

「殺す？　どういうことですか」

「来宮さんが自分の息子を殺したんです」

櫻登は一九九八年十二月に起きた交通事故のことを話した。

「では、その事故を利用して来宮先生が自分の息子を殺害したというのですか。にわかには信じがたいが……」

「状況証拠だけですが、多分間違いありません」

「しかし、それが事実だとすると永山さん、あなたにとってはあまり良いことではありませんね」

「僕の父親が殺されたからですか」

「それもありますが、あなたの望みが叶わないかもしれない。お母さんが来宮先生を殺したのではないと証明したいのでしたね。しかしあなたの推測どおりだとすると、永山春佳さんには来宮先生を殺害する動機が存在することになる。自分の子供の父親を殺した相手への復讐という動機が」

「それは、ないと思います」

櫻登は言った。

「春佳さんは別に村尾拓斗を愛していたわけではないです。もしそうなら、来宮さんが拓斗さんを殺したときに、何か行動を起こしていたはずですよ。むしろ春佳さんも拓斗がいなくなってくれたほうがいいと思っていたんじゃないかな」

「そうでしょうか。事情はどうであれ、一緒に暮らして子供までもうけた相手をまったく愛さないでいられるとは思いにくいのですが」

「それは違うわ」

反論したのは茉莉だった。

「子供ができれば相手に愛情を感じるようになるだなんて、幻想以前の妄想だと思う。男の勝手な思い込みよ。拓斗のやったことは絶対に許せないし、そもそも強姦と脅迫で自分を支配しようとする相手に好感なんて持てる？　冗談じゃないわ」

「それは……まあ、そうかもしれませんが……」

茉莉の勢いに進藤は怯《ひる》む。そこへ櫻登が追い打ちをかけた。

「もし拓斗のことで春佳さんが来宮さんに憎悪を抱いたとしても、それはもう二十年も前のことです。今まで何もしなかったのに、どうして後になってから殺したんでしょう？」

「それも……よくわかりませんな」

進藤は素直に認めた。

「しかし、では誰が来宮先生を？」

「それを確かめにきたんですよ」

櫻登は天井を指差した。

「犯行現場を見に行きましょう」

三人は階段で二階へと上がる。

「どの部屋でしたっけ？」

「先生が執筆のために使っていた部屋です。こちら」

進藤の案内で入ったのは、十二畳ほどの洋間だった。いくつもの本棚と小さな書斎机とガラスキャビネットが置かれている。フローリングの床に腰板と白い壁紙で構成された壁、天井にはガラス製の照明器具が吊るされていた。

櫻登は部屋の中央にしゃがみ込み、床を眺めた。

「染みがありますね。これ、血ですか」

「多分。先生は部屋の真ん中あたりに倒れていたと聞いています」

櫻登は床に指で触れた。その指をゆっくりと動かしていく。

「進藤さんは来宮さんの死体を見てるんですか」

「いいえいいえ。私がこの部屋に入ったのは事件があって一ヶ月後くらいです」

櫻登は立ち上がると周囲を見回す。そして書斎机へと向かった。

木製の古びた机だった。丁寧に使われてきたのか、天板には傷ひとつない。その上に革製のペン立てとピエロを象った陶器の人形、そして写真立てが載せられていた。

写真立てに収まっているのは白黒写真だった。椅子に座り赤ん坊を抱いた女性と、その後ろに立つ男性、そして男児と女児ふたりの子供。みんな緊張した表情で写真に収まっている。

「この女のひと、来宮萠子さんですよね？」

三十歳前後と見える女性は半袖のブラウスにスカートを身に着けていた。知的な顔立ちで引き締まった口許が意志の強さを感じさせる。

「……ああ、たしかに先生の若い頃です」

写真を確認した進藤が答えた。

「これは、結婚されていた頃の写真でしょうな。この男性が元のご主人かな？」

「村尾尚也さんに間違いないです」

今度は櫻登が答える。

「ってことは、この男の子が仁史さん、女の子が美里さん、赤ん坊が拓斗ってことか。面白いな」

「面白いって？」

茉莉が尋ねたが櫻登はそれに答えず、机の抽斗を開けはじめた。一番上の抽斗にはボールペンや定規などの文房具が雑然と収められている。中段の抽斗には未使用の原稿用紙が入っていた。欄外に「来宮萠子」と名前が印刷されている特注品だった。そして下段の抽斗にはファイルに収められた書類が詰め込まれている。開いてみると作家協会の会報や萠子が行った講演会のチラシ、それに執筆の参考にしたらしい資料類がファイリングされている。そのひとつひとつを櫻登は見ていった。

「何かわかった?」

茉莉が訊く。

「来宮さんは几帳面《きちようめん》なひとだってことがわかるよ。資料やチラシにはインデックスを付けてるしね」

出したものをすべて抽斗に戻すと、今度はキャビネットへと向かう。ガラス張りの棚には小さな人形や水晶や宝石のペンダントなどが陳列されていた。

「これは私がベネチアへ旅行をしたときに先生にお土産《みやげ》として買ってきたものですよ」

進藤が指差したのは真っ赤なグラスだった。

「ちゃんとこうして飾っておいてくれたのは嬉しいですね」

「でも机の上には置いてなかった」

「え?」

「これだけは違うんです」

　櫻登はスマホを取り出し、保存していた写真を表示させると進藤に見せた。椅子に腰掛け、窓の外を眺めている来宮萠子のポートレイトだ。

「これ、十一年前に雑誌に載った来宮さんの記事です。この写真、ここで撮ったものですよね」

「ああ、そうですね。あの机を後ろにして撮影したようだ」

「この写真にも、あのペン立てと、それから人形が写っている。当時からずっと、同じものが置かれているんです」

　進藤と茉莉はスマホの画像と実際の机のうえを見比《みくら》べ、頷いた。

「たしかにそうね」

「同じものですな」

　櫻登は画像を拡大し、記事の文章を読んだ。

「『友から譲られた道化師は退場することなく、今でもわたしと共にある』……この道化師って机の上の、あの人形のことです。他のものは棚に飾っても、あの道化師だけはすぐ近くに置いていた。『友』からもらったものだから」

　櫻登は机の前に戻り、置かれていた人形を手に取った。掌に載る程度の大きさで、白い地肌に色絵の具で彩色されている。道化師はしゃがみ込み、頬杖を突いている。

ひっくり返すと底には穴が開いていた。その穴を覗き込み、人形を振ってみた。

「……何か入ってるみたいだ」

何度か振ってみたが、出てこない。櫻登は抽斗を開け、文房具の中から小さなピンセットを取り出した。それを人形の穴の中に突っ込み、中を探る。少し時間がかかったが、なんとか入れられているものを抜き出すことができた。それは丸められた紙片だった。櫻登はそれを、そっと開いた。手書きの文字が書かれていた。

【永遠の愛と友情を籠めて　蕾】

「蕾って……」

茉莉が言いかけるのを、櫻登が引き取った。

「永山蕾。僕のお祖母さん」

「来宮さんとは本当に仲が良かったのね」

「家族の写真と一緒に並べているくらいですから、そうだったんでしょうなあ」

進藤が言うと、

「それは違います」

櫻登は否定する。

「雑誌に載っていた十一年前の机の上には、道化師の人形は置いてあるけど、あの写真立てはありませんでした」

「じゃあ、その後に来宮先生が置いたわけですか」

「それもじつは考えにくいですね。あの写真には拓斗が写っている。自分が殺した息子が。そんなの、いつも眼に入る机の上なんかに置きますか」

「それはでも、罪滅《ほろ》ぼしという意味では？」

「もしもそういう感情があったとしても、仕事部屋に置くというのは適当とは思えません。執筆意欲を害するだけですから」

「じゃあ、どうして来宮さんは写真を置いたの？」

茉莉が尋ねる。

「だから、来宮さんが置いたんじゃないよ。他の誰かだ」

「誰かって？」

櫻登は答えた。

「もちろん、来宮さんを殺した犯人だよ」

23　犯人指摘

櫻登《はると》の顔を見るなり、円城寺は太い腕でがっしりと彼を抱きしめた。

「ありがとう！　助かったよ！」

「え？　あ？　何の話？」

うろたえてもがく櫻登を、しかし円城寺は放さない。強く抱きしめたまま、

「君が警察に真犯人のことを話してくれたから俺、疑われずに釈放されたんだ。感謝する！　キスしていいかな？」

櫻登が断る間もなく、頬に唇を押し当ててきた。

「わか、わかりましたから、放してもらえませんか。僕は桜崎さんに会いに来たんですけど」

「先生なら、まだ生きてるよ。もうすぐ死ぬかもしれないけど」

「そんなに悪いんですか」

「悪いっていえば悪いかな。だんだん起きてる時間が短くなってる。あんまり食べない

し、鎮痛剤も増やしてるみたいだ。俺の見立てじゃ、あと数日ってところだろうね」

「そんなに……今日は話できますか」

「どうだろ？　ちょっと訊いてくる」

やっと櫻登を解放すると、円城寺は寝室に入っていった。櫻登は息をついて、赤い羅紗が張られた椅子に腰を下ろす。マティスの絵が目の前にあった。その絵を眺めながら待っていると、寝室のドアが開いた。

円城寺が押す車椅子に桜崎が座っていた。緑色のガウンを羽織り、赤い膝掛けの上にはミラージュが乗っている。

「桜崎さん、大丈夫ですか」

「大丈夫ではない。当然のことを訊くな」

桜崎は掠れた声で応じた。いつものように背筋を伸ばしているが、かなり無理をしているように見える。

円城寺が櫻登の前に車椅子を据える。桜崎はしばらく無言で彼を見つめていた。眼の力だけは衰えていない。櫻登が言葉を発しようとすると、骨張った手でそれを制した。

「篠崎恵美《めぐみ》のことは聞いたか」

「篠崎さん、恵美っていうんですか。逮捕されたってニュースはテレビで観ました」

「村尾尚也殺害を自供したそうだ。あの日の朝、まだ眠っている尚也を殺害して、第一発見者を装った。動機についても供述している。知りたいかね？」

「知ってるなら教えてください」

「つまらないことだ。篠崎恵美の母親が心臓疾患で村尾病院に入院し手術を受けた。しかし手術中に死亡した。執刀したのは村尾尚也だった」

「医療過誤？」

「尚也は遺族に手術中に予期しない血圧低下があって処置したが間に合わなかったと説明したそうだ。しかし当時アメリカにいた恵美はそれを信用しなかった。尚也がミスを犯し母親を死なせ、その事実を揉《も》み消したと信じた。そして顔を知られていないのを利用して村尾家に入り、機会を窺って復讐を遂《と》げたということらしい」

「それ、言いがかりですよ」

円城寺が口を挟んできた。

「俺の祖父ちゃん、すごく腕がいいんです。手術をしくじったりしませんよ。ほんと、俺が保証します」

「君の保証にどれだけの意味があるのか疑問だが。それに君は父親や祖父に反発していたのではなかったのかね？」

「反発はしてたけど、医者としてはたいしたもんだと思ってました。君もそう思うだろ？」

円城寺に話を振られた櫻登は首を傾げて、

「わかりませんよ、診てもらったことないし。医療過誤云々《うんぬん》って話だって、どっちの言い分が正しいかわかりません」

「どちらが正しいかなどというのは、あまり意味はない。誰もが自分の信じたいように信じる。それだけのことだ。それより、この事件が君にとってどんな意味があるのか、わかっているかね？」

「わかってます」

櫻登は頷く。

「でも不思議ですね。篠崎さんが尚也さんを殺したおかげで、春佳さんの無実を証明することができたなんて」

「なんだよそれ？　どういうこと？」

訝る円城寺に、櫻登は言った。

「来宮萠子さんを殺した犯人がわかったんです」

「ほんと？　俺の祖母ちゃんを殺した奴が？　誰だよそれ？」

勢い込んで尋ねる円城寺に、櫻登は答えた。

「犯人は、村尾美里さん、だと思います」

「……え？」

円城寺はきょとんとした顔になる。

「……え？　え？　ちょっと、何言ってるの？　美里叔母さん？　え？　何言ってるのかわかんないんだけど。どういうこと？」

矢継ぎ早に言葉を投げてくる円城寺に、櫻登は説明する。

「尚也さんは亡くなる前の晩、僕に向けて手紙を書いていました。そこには『僕が知りたいこと』が書かれるはずでした」

「君が知りたいことって？」

「来宮さんを殺した犯人」

「犯人って……祖父ちゃんが犯人を知ってたのか」

「尚也さんは否定しませんでした。少なくとも来宮蒴子さんの事件についての何かだったことは間違いないと思います。でも翌朝、机の上には書きかけだった便箋はなかった。念のために机の抽斗も調べてみましたが、ありませんでした。なくなっていたんです」

「誰かが持っていったってことか」

「珍しく察しがいいですね」

「え？」

「いえ。円城寺さんの想像どおりだと思います。手紙は持ち去られた。それともうひとつ、部屋からなくなっていたものがあります。飲みかけのバーボンとグラスです。正確にはなくなっていたのではなく、片付けられてたんですが」

「それは祖父ちゃんがやったんじゃないの？」

「あの晩、尚也さんは僕に『片付けてくれるのはあいつじゃないからな』と言いました。『あいつ』というのは仁史さんのことです。となると『片付けてくれる』のは美里さんしかいません」

「祖父ちゃんを殺したメイドは？」

「篠崎さんは午前八時から午後六時までの勤務で、もう帰宅していました」

「朝、家にやってきて、祖父ちゃんを殺してからグラスとかも片付けたんじゃないのか」

「そんなことをする理由がありません。グラスなんてほったらかしておけばいいんだから。片付けたのは美里さんですよ。そのときに手紙も手に入れた。そして……」

櫻登は桜崎に視線を向けた。車椅子の上で姿勢を保ったまま、彼の話を聞いている。櫻登は続けた。

「……さっき、篠崎さんがあの日の朝に村尾邸に出勤してきて、すぐに尚也さんを殺して、第一発見者を装ったって話を桜崎さんから聞いたとき、変だなって思ったんです。どうしてそんなに急いだんだろうって。尚也さんを憎んで殺そうと思ってたとしても、なんかやりかたが急すぎる。どうしてもあの日に尚也さんを殺さなきゃならない理由があったんだろうか。そのことを考えていたら、ふと思いつきました。篠崎さんには急ぐ理由はないかもしれないけど、美里さんにはあったんだって。尚也さんが書いていた手紙に、美里さんが来宮さん殺害の犯人であることを示す記述があったからです。たとえこの手紙を破棄しても、尚也さんは僕に手紙の内容を話すだろう。それを防ぐには尚也さんの口を封じるしかない。だから篠崎さんに尚也さんを殺させたんです」

「美里叔母さんが、殺させた？」

「美里さんと篠崎さんは通じていたんだと思います。篠崎さんの復讐を手伝う約束をしていたのかも。そう考える理由はふたつあります。ひとつは円城寺さんに渡された鍵です。篠崎さんがあなたに鍵を渡したことを知っていたのは美里さんだけでした。そしてもうひとつ、尚也さん殺しの凶器に使われた縄跳びです。円城寺さんの縄跳びについてのエピソードを知っているのは、小さい頃のあなたを知っている人間だけです。その人間が篠崎さんに教えた。いや、大急ぎで縄跳びを用意して篠崎さんに渡したんでしょう。それが美里さんであることは間違いないと思います」

「叔母さんが……でも、どうして……？」

円城寺は唖然とした表情で、

「どうして叔母さんがそんなことをするんだ？　なぜなんだ？」

「それは本人に訊いてみるしかないでしょうね。まあ、何か理由があるんだと思いますが」

「理由って、どんなだよ？」

「だからそれは――」

「君の意見は、そこまでか」

それまで黙っていた桜崎が、口を開いた。

「櫻登、それが君の推理か」

「ええ、そうです」

櫻登が答えると、桜崎は膝の上のミラージュを撫でる手を止めた。

「君は来宮萠子殺害の犯人を村尾美里だと指摘するが、では彼女はどうやって来宮を殺害したのかね？　犯行現場は二階の部屋だったはずだ」

「あ」

櫻登は声を洩らす。

「今頃気付いたのか。車椅子で移動しなければならない美里が、どうやって二階に上がって来宮を殺害したのか、その説明は考えていなかったようだな」

「……すみません。うっかりしてました。ああ、そうか」

「そうだよ、そうそう」

円城寺が尻馬に乗る。

「叔母さんは歩けないんだ。二階に上がれるはずがない」

「来宮さんの家にエレベーターはなかったし……」

「あ、思いついた」

円城寺が声をあげる。

「共犯者だよ。誰かが叔母さんの代わりに祖母ちゃんを殺したんだ」

「円城寺さん、美里さんが無実だと思ってたんじゃないんですか」

「いや、そうだけどさ。でも共犯者がいればできるなって思ったから」

円城寺はしれっとした顔で言う。櫻登は小さく溜息《ためいき》をついて、

「僕もそれは最初に考えました。でも、違います。来宮萠子さん殺害に共犯者はいません。なぜなら来宮さんは親しい人間でさえ応接室以外には入れないようにしていたからです。あの部屋に入ることを許されるのは、よほど近しい人間でしょう」

「じゃあ……まさか親父？　それとも祖父ちゃん？」

「それもないです。来宮さんが殺されたとき尚也さんは入院していたし、仁史さんはスペインに行ってました。アリバイがあるんです」

「そうか……じゃあ、こういうのは？　前にテレビのドラマで観たんだけどさ、内側から鍵が掛けられた密室の中で、ナイフで刺されたひとが死んでるって事件なんだけど、被害者は部屋の外で犯人に刺されたんだよ。その後で部屋に逃げ込んで犯人が追いかけてこないように鍵を掛けたんだけど、そこで死んじゃうんだ」

「つまり一階で来宮さんは美里さんに刺された後、二階へと逃げた。しかしそこで息絶えた、ということですか」

「そうそう。それなら完璧でしょ」

「それもやっぱり無理ですよ。来宮さんは胸を数ヶ所刺されてます。その状態で二階まで動けるとは思えない。もしもそれができたとしても、そのときは移動中に床や階段に血痕が残ってないといけない。高木さんはそんなこと言ってませんでした」

「高木さんって？」

「春佳さんが来宮さんの事件を通報したときに駆けつけた警察のひとです。僕はそのひとから当時のことを聞いてるんです。来宮さんは倒れていた場所で刺されたと考えていいと思います」

「そうかあ……じゃあやっぱり叔母さんは犯人じゃないんだよ。そういうことになるだろ？」

「それはでも……」

「なんだよ、自分で俺の推理を否定しておいて、まだ叔母さんのことを疑ってるのか」

「来宮さんを殺したのは美里さんだとしか思えないんです。でも……」

櫻登は考え込む。桜崎がその様子を黙って見つめていた。

「跳躍……跳躍するんだ……」

櫻登は呪文のように呟く。

「調薬？　君、薬剤師？」

円城寺が素っ頓狂なことを言っても応じない。眉根を寄せ、額を掻きながら考え込む。

「……スカーフ……」

その言葉が櫻登の口から洩れる。

「……スカーフ……まさか……」

櫻登は顔を上げた。

「美里さんは、歩けるのか。だったら……」

「何を馬鹿なこと言ってんだよ」

円城寺が呆《あき》れたような顔で、

「叔母さんは小学校のときの事故で歩けなくなったんだぞ」

「でも、その後で歩けるようになったとしたら？」

「ないない。叔母さんの足は一生治らないって言ってたもん。脊髄が損傷してるって。だから無理だって――」

「美里さんはいつも、首にスカーフを巻いてた」

櫻登は唐突に言った。

「……ああ、そうだな。いつもスカーフだ。でもそれがどうかした？」

「隠してるんですよ。首を」

「首？　どうして？」

「だから見せたくないんです。手術の痕を」

櫻登は桜崎に向かって言った。

「仁史さんの論文には頭部移植について書かれてました。もしそれが本当に可能なら、動かない胴体を他人の健康な胴体と入れ換えることができるなら、仁史さんは妹の手術をしたんじゃないでしょうか」

桜崎の表情が動いた。わずかに眼を見開き、普段は引き締まっている口許が弛緩《しかん》する。

「君は……」

そう言ったきり、狼狽したかのように言葉が途切れる。

「美里さんは歩けるんです。階段を上がって来宮さんを刺すこともできるんです」

「ほんとかよそれ？　親父が叔母さんの頭を誰かの胴体に付け替えたって？　だとしたらそれノーベル賞もの――」

「円城寺君、水を」

桜崎が掠れた声で言う。円城寺は言葉を呑み込んで即座にペットボトルを彼に渡した。

桜崎は少し手間取りながらキャップを外し、一口だけミネラルウォーターを飲む。そして言った。

「櫻登、それが君の跳躍か」

「そうです。思いきって跳んでみました」

「なるほど、向こう見ずなジャンプだ。君は頭部移植などというものが本当に可能だと思っているのかね？」

「専門家じゃないから断定はできません。でも可能性はあるわけですよね。イタリアの神経外科医が別々の頭部と胴体を繋ぐことに成功したって発表してますし」

「根拠としては薄弱に過ぎるな。本当に生きている人間の頭を胴体に移植できたとしたら世紀の大ニュースになるだろう。しかし実際のところ、手術を受けて生きている人間が世間に現れたことはない。ひとりもだ。奥ゆかしくて人前に出ることを好まないのだろうか。あり得ない。そんなこと絶対にあり得ない」

桜崎は頑強に否定する。

「それに、仮に、あくまで仮にだが、頭部移植手術が可能だとして、そして村尾美里がその手術を受けていたとして、彼女はなぜバイオリンを弾けるのかね？」

「え？」

「脳が同じだとしても胴体、とくに指が他人のものになってしまったら、以前と同じようにバイオリンの演奏ができるとは到底思えない。違うかね？」

「それは……そうかもしれないけど……」

櫻登は口籠もる。

「どうやら君は闇雲に跳躍して盛大に転倒したようだ。高く跳ぶのはいいが、正確な着地を心がけるべきだ」

櫻登はしばらくの沈黙の後、

「……桜崎さんは、やっぱり美里さんは犯人じゃないと思うんですか」

「私の考えを聞きたいのか。君自身はもうギブアップか」

「はい。降参です。だから——」

櫻登が言いかけたとき、ドアをノックする音がした。円城寺がさっとドアを開けると、

「おや、またこの前の若者がいるね」

入ってきたのは佐澤院長だった。

「円城寺君もいる。よかった。警察に連れていかれたと聞いたから心配していたんだよ」

「大丈夫です。永山君が助けてくれました」

「永山君？　ああ、この若者か。それはよかった。私からも礼を言うよ。ありがとう」

佐澤は手を差し出してくる。櫻登が握手をすると、強い力で握り返してきた。

「世の中は悪いことばかりじゃない。もちろん良いことばかりでもないがね。でも総じて、良い方向へと向かっている。未来に希望を持つべきだ。医学は進歩し、いずれ死をも克服するだろう。貧困とか格差とか断絶とかネガティブなことを並べ立てる連中の言葉を

信じる必要はない。世界は光に満ちているんだからね。ところで桜崎さん、まだご存命ですか」

「なんとかね。先は危ういようだが」

桜崎が応じる。佐澤は破顔一笑《はがんいっしょう》して、

「大丈夫。桜崎さんも未来に希望を持てますよ。準備ができました」

「ほう」

桜崎はわずかながら体を起こした。その眼に強い光が宿る。

「間に合ったのかね？」

「ええ、準備は整いました。ご安心を」

「いいことだ。私の覚悟はもうできている。良い未来に連れていってもらいたいものだな」

「承知しました。では後ほど。円城寺君もね」

そう言って佐澤は円城寺の肩を強く叩くと、来たときと同じく唐突に部屋を出ていった。

「なんか院長、楽しそうだったな」

円城寺が閉まったドアを見つめて言った。

「何の準備ができたんですか」

尋ねる櫻登に、桜崎は再び車椅子に身を沈めながら、

「懺悔《ざんげ》だ。私がこれまでしてきたこと、そしてこれからすることに対しての」

「これから？　何をするんですか」

「少しでも長く生きるための最大限の努力だ。それ以上は話すつもりはない。ところで櫻登、来宮萠子殺害に関して、私の考えを聞きたいと言ったな」

「はい。やっぱり僕の美里犯人説は間違っているでしょうか」

櫻登の問いかけに、桜崎は答えた。

「いや、彼女が犯人に間違いない。その方法も、わかっている」

24　暮色彩光《ぼしょくさいこう》

「まだ代わりのメイドが来てないの。不便だわ」

美里は言った。

「兄もいないし、今はわたしだけ。でもお茶くらいなら出せるわよ」

「大丈夫です。話が終わったらすぐに帰りますから」

櫻登《はると》はそう言ってから、美里の背後に眼を向けた。

「ああ、あれですね」

指差した先、エントランスの白壁に様々な色が広がっている。ステンドグラスを通して夕陽が差しているのだ。

「本当にきれいです」

「今度はわたしのことじゃないわね。でも、たしかにこの光景は毎日見ても飽《あ》きないわ」

美里はその光の端まで車椅子を動かした。

「それで、話って？」

「訊きたいことがあるんですけど、いいですか」

「あなたはいつも質問ばかりね。いいわ。なに？」

「どうして来宮蒴子さんを殺したんですか」

櫻登の問いかけは、沈黙の中に吸い込まれていった。

「答えたくないんですか」

「そうじゃなくて、あなた、自分が何を言ったのかわかってる？」

「はい、美里さんに質問したんです。どうして来宮さんを殺したのかって」

「わたしが、母を、殺した？　冗談でしょ。どうしてそんなことを言いだすのよ？」

美里に動揺の色は見えなかった。車椅子の上で背筋を伸ばし、薄く笑みを浮かべて櫻登を見据えている。

櫻登も、その視線を真っ直ぐに受け止めた。

「面白いですね。こういうふうに美里さんと話すことになるとは思わなかった」

「わたしもあなたからこんな失礼なことを言われるとは思わなかったわよ。説明して。どうしてわたしが母を殺したなんて思ったの？」

「わかりました。説明します」

櫻登は桜崎の部屋で話したことを美里にも語った。尚也の手紙のこと。バーボンを飲んだグラスのこと。そして篠崎のこと。美里は彼の話を相槌《あいづち》を打つこともなく聞いた。

「……だから僕は、美里さんが来宮さんを殺したんだと考えました。どうでしょうか」

「どうって言われても、困るわね」

美里は苦笑する。

「あなた、肝心のことを忘れてない？　わたし、こんな体なのよ。どうやって母を殺せるの？　たしか母が殺されていたのは二階だったわよね？　わたしには無理だわ」

「そのことについては僕も悩みました。いろいろ考えたんです。もしかしたら美里さん、本当は歩けるんじゃないかとか」

「それは無理。あの事故以来、自分の足では歩けないの。医者に訊いてもらってもいいわ」

「でも例えば、胴体を健康な人間のものと付け替えていたら？　仁史さんの研究してたことです」

「わたしの首から下が他人のものだっていうの？　すごい発想ね」

美里は大袈裟《おおげさ》に驚いて見せた。

「どうしてそんな突拍子《とっぴょうし》もないことを考えたのかしら？」

「美里さん、いつも首にスカーフを巻いてるじゃないですか。それ、首に残ってる手術の痕を隠してるんじゃないかって思ったんです」

美里は自分の首に手をやる。

「これは……そう、そんなふうに思ったのね」

「違いますか」

「わかった、じゃあ見せてあげる」

少し乱暴にスカーフを外す。

「あなたの推理は半分当たってたわよ。これを隠したかったの」

彼女の喉元に長さ五センチほどの青黒い模様があった。

「生まれつきの痣よ。何の形に見える？」

「棒かな？　ソーセージ？」

「あなたの発想は上品ね。イタリアに留学してたとき、同級生の男にからかわれて言われたの。『まるで怒張したペニスみたいだ』って。それから絶対に人前でこの痣は見せないと決めたわ」

「ペニスかあ……うん、まあ、そう見えないこともないかも」

「言わないで。足が動かなくなったことより、わたしにはこの痣のほうが屈辱《くつじょく》なの。わかるでしょ？」

「美里さんがそう思うなら、そうなんでしょうね。でも、とにかく首の挿《す》げ替えはなかったってことですね」

「当たり前じゃないの。頭の先から足の先までわたし自身よ。こんな体じゃ二階に上がって母を殺すことなんかできないわ」

「できますよ」

櫻登は言った。

「手助けしてもらえばいいんです。そうすれば二階にも上がれます」

「共犯者がいるとでも？」

「はい」

「どこに？　わたしを助けて母を殺すのを手伝ってくれるひとなんて、どこにいるのよ？　兄？　それとも父？　ふたりとも事件があったときにはアリバイがあるわよ」

「知ってます。仁史さんでも尚也さんでもありません」

「じゃあ、誰？」

美里の問いに、櫻登は答えた。

「来宮萠子さんです」

ステンドグラスからの光が弱くなった。雲が陽差しを遮ったようだった。

「言われてみれば単純なことなんです。言われたってのは桜崎さんからなんですけど。娘が訪ねてきて話をしたいと言えば、来宮さんだって拒まないでしょう。家に入れて二階に上がるのを手助けするだろうし。その車椅子だって見かけより結構軽量なんですよね。だから来宮さんでも二階に運べる。先に美里さんだけ上げたんだろうけど。

そしてあなたは、二階で来宮さんを刺した」

　美里は何も言わない。櫻登を見つめている。

「帰りはもっと簡単です。時間さえかければ匍匐《ほふく》前進で階段を降りることはできる。車椅子だって壊さないように気を付ければ、折り畳んで降ろせます」

　ステンドグラスが明かりを取り戻す。しかし陽が傾いたせいか、先程よりは暗くなっていた。美里が言った。

「そうやってわたしが母を殺したと言いたいのね。でも、証拠はあるの？」

「僕は持ってません。でも調べてもらったら出てくると思ってます。車椅子の女性を来宮さんの家の近くで見かけたって証言も得られるかもしれないし、どこかの防犯カメラに映ってるかもしれない。警察は最初から春佳さんを犯人だと決めてかかってたから、捜査が不充分だったかもしれないけど、その気になれば美里さんが来宮さんの家に来たって証拠を見つけられるでしょうね」

「警察に報《しら》せるつもり？　そうでしょうね。あなた、お母さんの無実を証明したいって言ってたもの。そのかわりにわたしを罪人にしようってわけね。でも――」

「誤解です、それ」

　櫻登は言った。

「僕は本当のことを知りたいだけです。別に美里さんを逮捕させたいとか、そんなこと思ってません」

「本当のことって？」

「何がどうなって来宮さんが殺されることになったのか。どうして春佳さんが罪を被るような言いかたをして自殺したのか。そういうことを知りたいんです。教えてくれたら、僕はそのことを警察には言わないと約束します」

「約束？　このままだとお母さんが犯人だって思われたままなのよ。それでもいいって言うの？」

「理由があって春佳さんがそう思わせようとしたんだったら、その気持ちは尊重するつもりです」

「それ、本気なの？」

美里は疑わしげな表情で、

「あなた、自分が殺人犯の息子のままでいいの？」

「別にかまいません。母親が殺人犯でもビル掃除の仕事はできるし、ジャグラーも続けられます。この先僕は、そういうことがハンデにならない世界で生きていきますから。僕は僕。春佳さんは春佳さん」

櫻登の言葉に、美里は小さく首を振って、微笑んだ。

「あなた、本当に面白いわね」

「そうですか。ならいいんだけど」

「その返しも含めて面白いわ。わかった。話してあげる。ついてきて」

　エレベーターに乗り三階に上がった。通されたのは美里の部屋だった。ドアは引き戸になっていて、室内にも手摺りが数ヶ所取り付けられている。

「この部屋にいると何の不便もない。やりたいようにできるわ。自分の足が動かないことを忘れてしまうくらい、というのはさすがに嘘だけど」

　美里は言った。

「わたしが事故に遭ったのは七歳のとき、母が家を出た翌年だった。道路脇で遊んでたときに持ってたボールが手から離れて道路に転がり出たの。それを追いかけて道路に飛び出したのよ。客観的に言えば、わたしが悪いの。でも子供の頃は自分のせいだって認めたくなかったわ。辛すぎるものね。だから誰かのせいだって思いたかった。

　誰か――それはわたしを捨てたひと。お母さん。お母さんが側にいてくれたら、わたしが車の前に飛び出そうとするのを止めてくれたはず。事故になんか遭わなかったはずだと思った。全部お母さんのせいだ。そう思うことで自分を責める気持ちから逃《のが》れてたのよ。前に母のことなんか忘れたなんて言ったけど、あれは嘘。ずっとずっと恨みつづけてきたわ。

　幸い、わたしには打ち込めるものがあった。バイオリンを弾いているときは歩けない辛さも忘れられた。だから没頭したわ。いつもいつも弾いていた。みんなは練習熱心だねって言ってくれたけど、本当はバイオリンに逃げてただけ。でもそれがわたしを今のステイタスに導《みちび》いてくれた。音楽学校に通って留学もして、コンサートを開くこともできるようになった。みんなはわたしを褒めそやしたわ。ハンデにも負けずに立派な演奏家になった、偉いねって。わたしはその称賛を当然みたいな顔をして受け取った。でもね、バイオリンを手放してひとりになると、やっぱり駄目。自分が惨《みじ》めに思えてくる。みんなが称賛するのはバイオリンの演奏をしているわたし。本当のわたしはひとりでは何もできない。生きている価値さえない。そう思ってたの。そして自分をそんな境遇に追い込んだ母を恨んでいた」

美里は思いついたように壁際に置いてあるCDプレーヤーの再生ボタンを押した。重々しい弦楽器の調べが流れてくる。

「シューベルトですね。未完成」

「好きなの。あなたは?」

「嫌いじゃないです。音が面白いから。美里さんはバイオリンが好きなんですか」

「好きだから弾いてるんだけど」

「でも今の話、バイオリンを憎んでるようにも聞こえました」

「憎んでる、か。ちょっとニュアンスが違うかな。バイオリンがあるから、わたしはこの世界にまだ存在していられるの。でも、この世界に存在することを、わたしは欲《ほっ》していない」

「死にたいってことですか」

「死にたいのなら、さっさと死んでるわ。わたしは生きていたい。でも、この世界は嫌。たまらなく嫌なの。牢獄みたいだもの。いろんなものに閉じ込められて、息苦しくてならない。わたし、どんな罪でこの牢獄に入れられているんだろうって、ずっと思ってきた。わからなかったけどね。

　あれは二十五年くらい前だったかしら。コンサートホールでテノール歌手が殺されたことがあったの。千人以上の観客がいる前で」

「桜崎さんが解決した事件だ」

「よく知ってるわね。そのとおり、名探偵桜崎真吾が颯爽《さっそう》と事件を解決してくれたわ。おかげでわたし、犯人にされなくて済んだの」

「あ、あのとき疑われたバイオリニストって、美里さんだったんですか」

「そうよ。あの歌手、すごく厭《いや》な奴だったから、わたしが殺してやってもよかったんだけど、でも犯人は別にいたの。それを桜崎さんが見つけてくれた。そのとき桜崎さんのマネージャーをしていたのが、永山春佳——あなたのお母さんだった。それがきっかけで彼女と知り合ったの。そして、とても仲良くなった」

「春佳さんが来宮さんに育てられてたってことは知ってたんですか」

「最初は知らなかったわ。お互い自分の境遇については何も話さなかったしね。でもそれからずっと友達でいたの。あの頃の春佳は生き生きしてた。仕事が好きだったみたいだし、なにより恋をしてたから。相手は誰だかわかる？」

「そういうふうに訊かれると、答えはひとつしか思いつきませんね」

櫻登は言った。

「桜崎さんですか」

「そう。彼女は桜崎真吾に恋してた。マネージャーとして俳優である彼と行動を共にして、そしてときに名探偵の助手として一緒に事件に飛び込んでいったの。充実した人生だったでしょうね。彼女から桜崎真吾の事件簿の話を聞くたびにわたし、わくわくしたわ。そして、羨ましくなった。わたしも春佳みたいに自由に飛び回ることができたらなって思った。春佳は春佳で、わたしの演奏旅行の話を熱心に聞いてくれたわ。コンサートにも来てくれたし。ふたりで旅行をしたこともあった。沖縄《おきなわ》とか北海道《ほっかいどう》とか、台湾《タイワン》に行ったこともある。不思議なくらい気が合ったわ。わたしにとっては最初で最後の友達。大事なひとよ」

美里は机の抽斗を開け、中から一枚の写真を取り出した。そこには若い女性がふたり、青い海を背景にして写っていた。ひとりは車椅子に座り、もうひとりはその背後に立っている。ふたりとも笑顔だった。

「春佳が桜崎真吾の許を離れたのは、わたしたちが知り合って三年後だった。突然のことだったからびっくりして理由を訊いたけど、彼女は教えてくれなかった。でもわたしにはわかった。桜崎が彼女を拒んだのよ」

「告白して、ふられた？」

「ぶっちゃけて言えば、そういうことでしょうね。桜崎ってね、昔からゲイって噂があったの。知ってる？」

「知りません。そうなんですか」

「長いキャリアの中で女性との恋愛話が一切なかったから、そういう噂が流れてたみたい。春佳は絶対に違うって言ってたけどね。でももしゲイじゃなかったとしても、女性にまったく関心がないのかもしれない。とにかく、春佳は桜崎から離れたの。そして、来宮萠子――母とまた暮らすようになった。そのときよ、わたしたちの奇《く》しき因縁《いんねん》っていうのを知ったのは」

「美里さんが来宮さんの実の娘で、春佳さんが来宮さんに育てられた親友の娘」

「びっくりしたわ。こんなことってあるのかって。そのせいでわたしたちの間もぎくしゃくするようになってしまったんだけど。わたしは母に対して許せない気持ちが消えてなかったから、春佳にずいぶんときついことを言ったわ。あんな女と一緒に暮らすことはない、あいつはわたしを裏切った上に、こんな不自由な体にした張本人だって。春佳はわたしの事故と母とは関係がないって説得しようとして、それで喧嘩《けんか》になってしまった。それきり、わたしたちはずっと疎遠《そえん》になってしまったの」

「春佳さんとは、それっきりですか。そうじゃないですよね」

「彼女から連絡があったのは、去年の六月だった。二十年ぶりくらいだったかな。久しぶりに会った彼女は、ちょっと窶《やつ》れてた。具合悪いのって訊いたら、膵臓《すいぞう》に癌が見つかって余命宣告されたって言われたわ」

「え？」

「えって、まさか、知らなかった？」

美里も驚いたような顔をする。

「知りませんでした。本当ですか」

「今更嘘なんか言わないわ。むしろ、あなたが知らなかったのが不思議なくらい」

「あの頃しばらく会ってなかったから……そうか、春佳さん、そうだったのか……」

「大丈夫？」

「え？　あ、大丈夫です。別にショックを受けてるわけじゃないです。知らなかったのでびっくりしただけで」

「どうして彼女、わたしに打ち明けてあなたには言わなかったのかしら？」

「どうしてでしょうね。僕には知らせなくてもいいって思ったのかな」

「実の息子なのに？」

「そういうの、僕も春佳さんもあんまり気にしてなかったし」

「……やっぱり奇妙な親子ね、あなたたち」

「そうかもしれないけど……それで、春佳さんは他に何か話したんですか」

「ええ。自分の人生が残り少ないとわかって、自分のやるべきことをやっておかなければと思うようになったって言ってた。それで、わたしに承認をしてもらいたいって」

「何の承認ですか」

「来宮荊子を、殺すこと」

美里はそこで言葉を切った。

「春佳さんが、来宮さんを殺す……」

櫻登は、その言葉を繰り返した。

「なんか僕、大きな勘違いをしてたみたいだ……そういうことなのか。でもどうして来宮さんを殺そうと……もしかして拓斗のこと？」

「知ってるの？　あなたが拓斗の子供だってこと」

「この前わかりました。美里さんは僕の伯母さんなんですよね」

「そういうこと。あらためて自己紹介するのも変だけど」

「どうも、甥《おい》の櫻登です」

　ぺこりと頭を下げる。美里はくすりと笑って、

「こんにちは、あなたの伯母よ。挨拶はこれくらいにして話を戻すわね。春佳が母を殺そうと思ったのは、拓斗のことがあったからじゃないの」

「自分の父親、永山靖之を来宮さんが殺したから、ですか」

　櫻登が言うと、美里は驚いた様子で、

「あなた……どこまで見抜いてるの？」

「春佳さんは母親の蕾さんが死んだ後、父親の靖之に虐待を受けていた。来宮さんは靖之を殺し、春佳さんを引き取った。わかっているのは、それだけです」

「そのとおりよ。母は春佳の害となるものを次々と排除していった。それが自分が産んだ息子であっても。どうしてだかわかる？」

「来宮さんは春佳さんに強い愛着を持っていたんですよね。でもそれはきっと、蕾さんが関係しているんだと思います」

「そう、母にとっては誰よりも蕾というひとが重要だったの」

「親友だったから？」

「それ以上。母はきっと蕾以外の人間を本当に愛したことはないんだと思う。学生時代のその想いが、母の一生を支配したんだわ」

「……ああ、そうか。それでわかった」

「何が？」

「来宮さんが蕾さんと一緒に写っている写真を手放さなかった理由です。それだけ大事なひとだったんだ」

「蕾のほうがどう思っていたのかはわからない。ただの友達でしかなかったのかも。でも母にとっては特別な存在だった。蕾が永山家に嫁ぎ子供を産んでも、その気持ちは変わらなかった。自分自身も父と結婚して三人の子供を産んだけど、夫も子供たちも本気で愛してはいなかった。だからあっさりとわたしたちを捨てて出ていったんでしょうね。一方で蕾の忘れ形見である春佳のことは誰よりも気にかけていた。彼女に害をなす者には容赦《ようしゃ》なく鉄槌《てっつい》を下した。それが蕾の夫であり、自分の息子であったわけだけど」

「春佳さんも当然、来宮さんの気持ちは知ってたわけですね。自分のためならあのひとは何でもやるって」

「そうよ。だから春佳は、母を殺そうと決めたの」

「……そこのところが、今ひとつわかりにくいんですけど。春佳さんは靖之や拓斗の仇を討とうと思ったってことでいいんでしょうか」

「全然違うわ。あなた、意外なところで鈍いのね」

美里は春佳と一緒に写っている写真を見つめた。そして、視線を櫻登に戻す。

「春佳が母を殺そうと決めたのは、あなたのためなのよ」

「……僕の？　それってどういう——」

「春佳は自分が死んだ後のことを考えたの。そうなったら母の気持ちはどこに向かうか」

「それは……僕？」

「あなたは蕾の血を受け継いだ唯一の人間だもの。そう考えてもおかしくないでしょ。自分に向けられていた異常な愛着が、今度はあなたに向けられる。それがあなたの人生を歪めてしまうかもしれない」

「来宮さんは春佳さんの人生を歪めたんでしょうか。むしろ窮地を救ってきたように思うんだけど」

「永山靖之はたしかに乱暴に扱ったり酷い言葉を投げつけたりはしていたけど、そのことを春佳は嫌っていたと思う？」

「違うんですか」

「拓斗は薬で眠らせた春佳に乱暴して、それをビデオに録画した。弟ながら最低な男だと思う。でも春佳は本当に拓斗を嫌っていたのかしら？」

「それも違うんですか」

「春佳自身、よくわからないって言ってた。客観的に見れば酷いことをされているのだろうけど、ふたりを憎んだりはしていなかったって。それより恐ろしいのは、母が春佳の気持ちを確かめもせずに、ふたりを殺してしまったってこと。それが春佳のためになるって決めつけて、実行してしまった。母にとって大事なのはあくまで蕾、いえ、大事なのは蕾に対する自分の想いだけ。引き離された愛《いと》しいひとへの執着が歪んだ衝動になって母を動かしていた。そのためにふたつの命が奪われた。春佳が死んで母の執着の対象があなたに移ったら、今度はあなたのためだという大義名分でまた誰かを殺すかもしれない。それを春佳は恐れたのよ。この連鎖を断ち切らなければと」

「だから、春佳さんは来宮さんを殺そうと？」

「ええ。あなたを呪いから逃れさせるためにね」

　櫻登は床に座り込んだ。小さく首を振る。

「……すごいな。春佳さん、そんなこと考えてたんだ。知らなかった。僕のことなんか考えてないと思ってたのに」

「彼女は母を殺そうとしていた。あなたのために。わたしが先にやらなかったら、きっと実行してたでしょうね」

「どうして美里さんは来宮さんを殺すことにしたんですか」

「さっきも言ったでしょ。母がわたしを捨てたから、わたしはこんな体になった。そう思いつづけて、母を憎みつづけて生きてきたの。だからその恨みを晴らしたかったのよ」

「でも、どうして今になって？　それに春佳さんが殺すつもりだったのなら、わざわざ美里さんがしなくてもいいんじゃないですか」

「母を他の誰かに殺されるなんて許せなかった。やるなら自分がやりたいと思ったの。それに」

美里の視線が強くなる。

「春佳の手を汚させたくなかった。彼女の命をそんなことのために費やしてほしくなかったの」

櫻登は美里と視線を交わす。

「春佳さんのこと、好きだったんですか」

「友達としてね。それだけ。母が蕾に抱いていたようなそんなものとは……いいわ。好きに解釈してちょうだい。わたしは自分の意思で、母を刺したの。

あの日、あなたが推理したとおり、母がわたしを家に入れ、二階に上げてくれた。そして母を刺してから春佳に電話したの。『悪いけど先を越したからね』って。

時間をかけて自力でなんとか一階に降りて逃げようとしたとき、春佳がやってきたの。彼女、混乱してたみたい。でもわたしの話を聞いて、すぐに冷静になったわ。『後始末はするから、あなたは逃げなさい』って言ったの。言われたとおり、わたしは立ち去ったけど、まさかその後で彼女が自分で警察に通報して、自分が犯人だって言うとは思わなかった」

「春佳さんは、どうしてそんなことをしたのかな？」

「決まってるでしょ。鳶《とんび》に攫《さら》われた油揚《あぶらげ》を奪い返したのよ」

「『彼女の死に対して、わたしに責任がある』」

「え？　なにそれ？」

「通報して警察がやってきたとき、春佳さんが警官に言った言葉です。自分が来宮さんを殺そうとしたから、美里さんが先に来宮さんを殺した。だから来宮さんの死に対して、自分に責任があるって言ったんですよ。油揚を攫ったんじゃなくて、美里さんの荷物を代わりに背負ったんです」

美里は息を呑むような表情で、

「そうなの、そういうこと……まったく、あの子ときたら」

そして、泣きそうな顔で笑った。

櫻登はゆっくりと立ち上がる。そして一礼した。

「いろいろと教えてくれて、ありがとうございました。これで納得できました」

「警察に通報してもいいわよ。話しちゃった以上、わたしもそれなりに覚悟はできてるから」

「いいえ。さっき約束したとおり、誰にも言いません。僕も春佳さんの気持ちを尊重したいですから。でも」

「でも？」

「春佳さん、こんなにお節介《せっかい》な親だとは思いませんでした。僕のために犯人なんかにならなくてよかったのに。僕なら、もしも来宮さんが変な干渉《かんしょう》をしてきたって、撥ねつけたのに」

「あなたは来宮萠子を知らないわ。殺しでもしない限り、逃れられない相手だったのよ。わたしや春佳がそうだったように」

　美里は言った。

「じゃあ、そろそろ帰って。わたし、バイオリンの練習をしたいの」

25　逝去《せいきょ》の後

十一月に入り、風はかなり冷たくなっていた。

バスを降り、馴染みになった道を歩く。入場門でいつもの守衛に声をかけた。

「永山櫻登《はると》と言います。桜崎真吾さんに会いに来ました」

「はいご苦労さん」

守衛が来訪者記録簿を差し出してくる。櫻登はいつものように記入し、その上にポケットから取り出したフィギュアを載せて返す。そして怪訝そうな顔の守衛に言った。

「そこに置いてあるゴジラのバージョン違い。この前見つけたんです。もしかして、もう持ってます？」

「いや、こんなのが出たのも知らなかった。もらっていいの？」

「どうぞ」

「悪いね。子供の頃から怪獣が大好きでさ。女房や子供には馬鹿にされるから家では飾れないんだ。だからここに置かせてもらうよ」

柔和な笑みを見せる守衛に一礼して、櫻登は中に入る。

受付を済ませベンチで待っていると、新山がやってきた。

「こんにちは新山さん、永山櫻登です。桜崎真吾さんに会いに来ました」

立ち上がって挨拶する。しかし新山は何も言わなかった。黙って彼を見ている。

「どうかしたんですか」

問いかける櫻登に、彼女は言った。

「桜崎真吾さんは昨晩、お亡くなりになりました」

「……え？」

「亡くなったんです」

新山は繰り返した。櫻登は立ち尽くしたまま、動かなかった。

「そんな……いつ？」

「だから、昨晩です。容態が急変しました」

「死んだ……桜崎さんが死んだ……」

「お気の毒ですが」

新山は事務的に言った。

「そんな……僕、桜崎さんに会いに来たのに。全部、桜崎さんには話すつもりで……僕、何もかもわかったのに……」

櫻登は新山に尋ねる。

「桜崎さんは今、どこにいるんですか」

「だから亡くなったと——」

「遺体は？」

「霊安室だと思いますが」

「会わせてください。話したいんです」

「それはできません。親族の方以外はご遺体との面会は許されていませんので」

「どうしても無理ですか」

「申しわけありませんが」

新山は一礼して立ち去ろうとする。

「あ、すみません。円城寺さんは？」

新山は振り返って言った。

「円城寺は退職しました。桜崎さんが亡くなったので、もう自分はここにいる理由がないと」

再び一礼し、新山は去っていった。

残された櫻登はしばらく佇《たたず》んでいた。が、やがて行動を起こした。

目立たないように廊下を進み、壁に掲示されている病院内見取り図を確認する。しかしどこにも「霊安室」と書かれた部屋はなかった。

それでも櫻登は見取り図を眼で追う。霊安室は安置された遺体を霊柩車《れいきゅうしゃ》に乗せるため、一般的には一階か地下に配置されていることを彼は知っていた。一階と地階の図を隅から隅まで探し、地階に名前のない部屋が並ぶ空間を見つけた。その中のひとつに外へと繋がる大きな扉が描かれている。遺体の出口に間違いなかった。場所を確認し、櫻登は歩きだす。

その部屋は一階の北側端にあった。何の表示もなく中を見られる窓もない。大きな引き戸は当然のことながら施錠されていた。

部屋の向かいに「備品室」と書かれたドアがある。こちらのドアは鍵が掛かっていなかった。周囲に誰もいないことを確認して、中に入った。ドアを薄く開けて、外を窺う。先程の部屋の引き戸が視界に入っていた。

そのまま待つ。

ほとんど誰も行き来しない。たまに廊下を通るのはホスピスの職員だけだった。櫻登は辛抱《しんぼう》強く待った。

このまま何の動きがなかったとしてもおかしくなかった。だがその日は違っていた。ストレッチャーを運ぶ職員がふたり、やってきたのだ。櫻登がその場に居座って二時間後のことだった。

ストレッチャーには人が乗せられていた。顔に布が掛けられている。職員が鍵を取り出し、引き戸を開けた。

櫻登は備品室から飛び出した。

職員が何か叫んだ。櫻登はかまわず開いた引き戸から中に飛び込んだ。そして、立ち竦んだ。

一般病室と同じように白い部屋だった。違っているのは祭壇らしきものが設《しつら》えられていることだった。ここに遺体が安置されるのは間違いなかった。

しかしそこには、誰もいなかった。

26　夏の公園

蟬《せみ》の声がうるさかった。ベンチに座ったままの櫻登《はると》は流れる汗を拭《ぬぐ》いもせず、濃い緑が影を落とすアスファルトを見ていた。

「何見てるの？」

声をかけられ、顔を上げる。

「蟻《あり》の行列」

とだけ答えると、茉莉は彼の隣に座った。

「髪の毛、伸びたわね。元気？」

「この春、はじめて花粉症になったよ。結構きつかった」

「それは大変。わたしはやっと、本が書けたわよ」

「知ってる。本屋で見かけた」

「読んでくれた？」

「ううん」

「来宮萠子のこと、興味ない？　あなたのお母さんのことも書いてるのに」

「中身、全部知ってるから。僕から聞いた話ばかりでしょ？」

「それ以外に独自に調べたこともあるのよ。来宮萠子の幼少期のこととか。相楽蕾のことだって、櫻登君の知らないことを書いてるわ。女学校時代に蕾が書いた詩を見つけたの。文才があったみたい」

「ふうん」

「気のない返事ね。まあ、たしかに肝心要《かなめ》のことは書いてないわよ。来宮萠子を殺したのは誰か。世間ではあなたのお母さんが犯人だってことになってるけど、わたしの本では別に犯人がいた可能性についても書いてる。みんな櫻登君から聞いた話を元にして考えたものよ。でも結論は出してない。わからないまま。なんていうか、画竜点睛《がりようてんせい》を欠くって感じになっちゃったのは悔しいわ。やっぱり桜崎真吾が真相を明らかにする前に死んじゃったのが痛かったわね。ねえ櫻登君、本当にあなたにも真相がわからないままなの？」

「その話なら去年もしたでしょ。僕には何もわからないって。桜崎さんみたいな跳躍は、やっぱり無理なんだ」

「惜しいなあ。櫻登君が明快に解決してくれたら、あの本ももっと歯切れが良くなって売れたのに。櫻登君も桜崎真吾の薫陶《くんとう》を受けた名探偵の二代目として売り出せたのにね」

「そういうの、趣味じゃないな」

櫻登は髪を掻き上げた。

「僕は探偵なんて柄じゃない。桜崎さんみたいにはなれないよ。あのひとは、特別だ」

「たしかに特別な存在だったわよね。死んだってニュースが流れたときにはテレビも雑誌もちょっとした騒ぎだったし。本人の遺言で葬式もお別れの会もなかったのよね。それも風変わりだったわ」

「僕は探偵にはならない」

櫻登は繰り返した。

「ただの道化師でいい」

「ハル・ザ・クラウンは相変わらず調子よさそうね。来月アメリカに行くって？」

「向こうからＷＷＰにオファーが来て、ＺＯＮＯさんがおまえも出ろって。二週間くらいあちこち廻るみたい」

「いいわね。いよいよ全米デビューか。お祝いしましょうか。今晩空いてる？　美味しいもの食べさせたげる。それから、夜も付き合って」

「新しい恋人、できたんじゃなかったっけ？　ＩＴ関係とかって」

「あれは駄目。すぐ別れたわ。金はそこそこ持ってたけどセックスが下手《へた》だから。やっぱりわたし、櫻登君が合うと思うの。どう？」

「僕の利用価値はもうないと思ってた。だから別れたんでしょ？」

「別れるつもりはなかったわよ。ただ仕事が忙しくて会えなかっただけ」

茉莉は汗ばむ体を櫻登に押しつけた。

「久しぶりに、いいでしょ？　いや？」

櫻登は彼女から距離を取る。

「今、付き合ってる子がいるんだ」

「あら、そうなの？　どんな子？」

「仕事仲間。パフォーマーじゃなくて、ビル掃除のほう。僕は平気で他人を傷つけるタイプだって言ったんだけど、それでもいいからって」

「惚《ほ》れられたのね。かわいい子？」

「うん。道島さんは自分のことをかわいいとは思ってないみたいだけど、自己評価が低いだけだと思う。前にどこかの芸能事務所にスカウトされたけど断ったって言ってたし」

「道島さんっていうんだ。へえ……で、その子に義理立てしてるわけね。でも、黙ってたらわかんないじゃない。ちょっとだけ浮気とかしてみない？」

「しない。僕は別に、茉莉さんとしたいと思わない」

「わたしのこと、嫌い？」

媚《こ》びるような目付きで訊いてきた。櫻登は答える。

「嫌いとか好きとか、そういう感情はないよ。茉莉さんは本を書くために僕に接近してきただけだし、僕は茉莉さんの情報収集力を利用したかっただけだし」

「それだけじゃないでしょ。わたしたち、ちゃんと付き合ってたじゃないの」

「付き合ってないよ。たまにセックスしただけ」

櫻登は立ち上がった。

「もう僕たち、会う必要もないと思う。そのことを言いたくて、今日は来たんだ」

振り返ると、茉莉はベンチに座ったままだった。

「……櫻登君、そんな風に思ってたの。ひどいわ」

「ひどいかな？　うん、ひどいかもね。僕は平気で他人を傷つけるタイプだから。じゃ」

櫻登は歩きだす。背後で茉莉が何か叫んだが、蟬時雨《しぐれ》に紛《まぎ》れて彼の耳には聞き取れなかった。

27　雑踏写真

「別に辞めさせなくてもいいのにな」

清掃を終えたビルの前に置かれた自販機で買った缶コーヒーを手渡しながら、谷岡が言った。

「すまん、ちゃんとした送別会したかったんだけど」

「ありがとうございます」

櫻登《はると》は受け取った缶を開け、中身を少し飲む。その日の現場北千束《きたせんぞく》駅近くのビルだった。すでに午後十時を過ぎている。

「上の連中、クズだよ、クズ。二週間休むって言ったくらいで、だったら辞めてくれなんて普通言うか？　どうなってるんだ、ほんと」

文句を言いながら、谷岡はコーラを一気に飲み干し、盛大にげっぷをした。

「しかたないですよ。シフト組めなくなるし」

「組めるよ。二週間くらいなんとかできるよ。むしろ永山君が抜けちゃう穴のほうがでかいよ。まったく、何考えてるんだか」

谷岡の憤《いきどお》りは治まらない。櫻登は淡々と缶コーヒーを飲む。

「でもさ、永山君もこれで踏ん切りついちゃうんじゃない？　ジャグリング一本でやってくとかさ」

「それはないですね。そこまで儲かる仕事じゃないから。谷岡さんだってプロレス一本で生活できないでしょ？」

「それを言われると返す言葉がないけどな。でも羨ましいなあ。俺もアメリカに行ってマディソン・スクエア・ガーデンとかで試合したいよなあ」

谷岡は肩に掛けていたバッグから丸めた雑誌を取り出す。

「これ見てよ。ここで試合したら最高だと思わない？」

自販機の照明で見るページには満員の客席の中央に据えられたリングと、そこで戦うふたりのプロレスラーの姿が写真に収められていた。そのうちのひとりは日本人らしい。

「こいつ、デビューしたばかりのときに、ちょっとだけ同じ団体にいたんだ。その頃はひょろっこい体で、ろくに受け身も取れなかったのにな。今じゃアメリカで人気が出て、大金持ちだってさ。ロサンゼルスに家を買ったらしい。すげえよ、ほら」

同じページにポロシャツと半ズボン姿の日本人レスラーの写真がある。背後にはかなりの大きさらしい邸宅が写っていた。

　その隣の写真には彼と白髪頭の老人が肩を組んで写っている。その老人が現在、彼が所属しているアメリカのプロレス団体のオーナーだという。ふたりともタキシード姿だ。キャプションには「全米プロレス大賞授賞式にて」とある。

「月とスッポンってのは、このことだよな。あっちはセレブ、こっちはビル掃除。まあ、腐ったってしかたないけどさ」

　谷岡は愚痴《ぐち》を続ける。しかし櫻登は、それをほとんど聞いていなかった。自販機の明かりに雑誌を近付け、もっとよく見ようとした。

「……わかりにくいな。谷岡さん、この雑誌、今でも売ってる号ですか」

「あ？　ああ、昨日出たばかりだ。あそこのコンビニでもたしか売ってたと思うけど」

「ありがとうございます」

　櫻登は雑誌を返し、走り出す。

「おい、ちょっと！　まどかちゃんが待ってるんじゃないの？」

　呼びかける谷岡に答えず、コンビニに走り込み雑誌コーナーを見回す。その中の一冊を手に取り、ページをめくった。

　そのまましばらく、動かなかった。

「永山、さん？」

　声をかけられ我に返り、顔を上げる。道島まどかが立っていた。

「谷岡さんに訊いたら、ここに飛び込んでったって言ってたから。どうかしたの?」

身に着けている作業着が大きすぎて、彼女の童顔をさらに幼く見せている。長い髪はキャップに収め、化粧もほとんどしていない。大きな瞳が不安そうに彼を見ていた。

「……大丈夫、何でもない」

そう言うと櫻登は、雑誌をレジに持っていった。

ふたり一緒にコンビニを出る。夏の空気は夜になっても熱を持ちつづけ、吹く風は粘《ねば》っこく感じられた。

「夕飯、行こうか」

櫻登のほうから言った。まどかは頷き、彼の腕に自分の腕を絡《から》めた。

「わたしも、あの仕事辞めようかな」

「どうして?」

「だって永山さん、いなくなっちゃうし」

「僕と一緒にアメリカに行く?」

「それはできないけど……行ってもいいの?」

「僕はかまわない。ZONOさんに頼めば手配はしてもらえると思う。お金はかかるけど」

「……やっぱりいい。待ってる」

まどかは微笑んだ。

「永山さんはいないけど、谷岡さんが親切だし。お掃除の仕事も嫌いじゃないし」

「わかった」

櫻登は頷く。左腕をまどかに預け、右手でレジ袋に入った雑誌を握った。

28 ある疑惑

「来てくれて嬉しいですよ、永山さん」

院長室のソファに腰を下ろしながら、佐澤が言った。

「もうお顔を拝見できないと思っていました。元気そうですね」

「病気はしていません。怪我もないです。だから元気だと思います」

櫻登《はると》は答えた。

「相変わらず面白い方だ」

佐澤は大袈裟に笑った。

「永山さん、私はあなたが好きですよ。それで、今日は何のご用でしょうか」

「今日は佐澤さんに訊きたいことがあって来ました」

「わたしにですか。いいですよ、言ってください。答えられることなら何でもお答えします」

「桜崎真吾さんは今、どこにいるんでしょうか」

櫻登の問いかけに、佐澤は無反応だった。

「何でも答えてくれるんですよね。教えてください」

「……いや、教えてくれと言われても、それはさすがに答えようがないんですが。何ですって？」

「桜崎真吾さんは今、どこにいるんでしょうか」

「そうですね……桜崎さんのことですから、今は天国にいらっしゃるでしょう。あちらの劇場で同じく物故《ぶっこ》された名優たちと素晴らしいお芝居をしているのではないでしょうか」

「桜崎さんは天国にはいません」

「手厳しい言葉ですね。地獄に堕《お》ちたとでも？」

「いえ、地獄にもいません。桜崎さんは、生きています」

一瞬の沈黙の後、佐澤は噴《ふ》き出した。

「何を言いだすかと思えば……永山さん、あなたは冗談を言いに来たのですか」

「違います。僕は本気です」

佐澤はしばらく笑いの発作《ほっさ》に体を震わせていたが、

「いやあ失礼。あまりに突拍子もないことを聞かされて思わず笑ってしまいました。しかしどうして、そんな妄想を抱くようになったのですか」

「霊安室に遺体がなかったからです」

「霊安室……ああ、あなたが勝手に飛び込んだときですね。あれはさすがに分別《ふんべつ》のない行動でしたね。運ばれてきたご遺体の尊厳を傷つけるものでしたよ。厳重注意で済ませたことを感謝していただきたいくらいです」

「でも、桜崎さんの遺体はなかった」

「すでに搬出したからですよ。そのことはあのときにも説明したと思いますが」

「それだけじゃない。桜崎さんの部屋も全部片付けられていて、円城寺さんもいなくなってた」

「利用者が亡くなったから病室を整理するのは当然のことです。円城寺君については、これも説明したとおり退職しました。彼は桜崎さんに心酔してましたからねえ。亡くなったショックが大きくて、もうここにはいられなくなったようです」

「どこに行ったんですか」

「存じません。退職者の以後のことまでは関知しませんので」

「桜崎さんの葬式もなかった」

「それも故人の遺言です。桜崎さんには縁故の方がいらっしゃらなかったので、私が遺言執行の任を負って諸手続きを済ませました。ご遺体の埋葬まで含めてです。青山《あおやま》墓地にお墓があります。お参りされてはいかがですか」

「もう行きました。新しい墓石も見ました。たしかに桜崎さんの名前が刻んでありました」

「なら――」

「でも、そこに本当に桜崎さんが埋葬されているんですか」

「それは私が保証します。桜崎さんは荼毘《だび》に付され、あのお墓に埋葬されています。永山さん、どうしてあなたはそんなにも疑《うたぐ》り深くなってしまったんですか。桜崎さんは末期の癌で余命幾許《いくばく》もない状態でした。いつ亡くなってもおかしくなかったんです。そして亡くなった。そこに何の不思議もない。あなたがそれを不服とする理由がわかりませんね」

答える代わりに櫻登は、テーブルに雑誌を載せた。

「プロレスの雑誌ですか。で、これが？」

櫻登は雑誌を捲り、谷岡に見せられたページを開いた。

「ここを見てください」

指差した写真には日本人プロレスラーと老人が並んで写っている。谷岡が見せた写真だ。櫻登が指を置いたのは、彼らの背後だった。

「ここに写っているの、佐澤さんですよね？」

そこにはタキシード姿の東洋人が写っていた。

「これですか」

「違うんですか」

「いえ、違いません。じつは私、このプロレス団体のファンでしてね。運営会社の株もいくらか持っているんです。それで毎年、このセレモニーに招待されているのですよ。いやあ、写されているとは知りませんでした」

佐澤はにこやかに答える。

「じゃあ、今度はこっちの人物を見てください。佐澤さんの隣に立っているひとです」

彼もたまたまその場に居合わせた授賞式の参列者のひとりのようだった。こちらを向いている。タキシードに水色のストールを巻いていた。

佐澤はその写真を見た。

「……ああ、似てますね。うん、桜崎さんに似ていないこともない。他人の空似《そらに》でしょう」

「いいえ、似てるんじゃないです。これは桜崎さん本人です」

「いや、さすがにそれはないですよ。あのひとはもう亡くなっているのですから」

佐澤は苦笑と溜息で櫻登に対した。

「いいですか、桜崎さんが末期癌であったことはカルテにも残っている事実です。亡くなったこともね。死亡証明書だって火葬許可証だってあります。あなたが疑うのは勝手ですが、事実を曲げても何の意味もありませんよ」

佐澤は立ち上がった。笑みは崩していないが、眼の色は変わっていた。

「お引き取りください。これ以上の議論は無駄です」

櫻登はさらに何か言おうとしたが、言葉は呑み込んだ。立ち上がり、一礼して院長室を出た。

外に出て芝生が植えられた空間を歩く。築山は青々としていた。この先に桜崎の病室があった。

「どちらにお出《い》でですか」

声をかけられた。

「そちらは特別室です。ご用のない方の通行はお断りいたします」

「用はありますよ、新山さん」

櫻登は言った。

「桜崎さんに会いたいんです」

「桜崎さんは、もういらっしゃいません。お亡くなりになりました」

「生きてるでしょ。生きてますよね？」

「いいえ。残念ですが」

新山は事務的な表情を崩さなかった。

「あなたが信じたくないと思う気持ちも理解できます。わたしも桜崎さんのことは尊敬していました。癌の苦しみにも抗癌剤の苦痛にも耐え、最後まで尊厳を保ちながら永眠されました。立派な方です。だからこそ、余計な詮索《せんさく》はしないで静かに故人の冥福《めいふく》を祈ってください」

「佐澤さんがアメリカに出かけたのはいつですか」

唐突に質問され、新山は戸惑う。

「急に何を……たしか、今年の三月だったと思いますけど。毎年この時期にアメリカに出かけられるんです。招待されている式があるとかで」

「桜崎さんも一緒に行ったんじゃないですか」

「だから、それはあり得ません。桜崎さんは昨年亡くなっているんですから」

新山は大きく息をついて、

「永山さん、申しわけありませんが、ここから退出していただけませんか」

「でも――」

「拒否されるようでしたら、職員を呼んで強制的に出ていただきます。お願いですから、手荒なことをさせないでください」

「でも……はい、わかりました」

櫻登は軽く頭を下げ、そこから立ち去ろうとした。そして、視界にそれを見つけた。

渡り廊下に面して並べられている木製のベンチ。これまで桜崎の許を訪れるとき、何度もその前を通りすぎてきた。しかしそのときはじめて、背凭《せもた》れに金属製のプレートが埋め込まれているのに気付いたのだ。

【寄贈　村尾病院院長　村尾仁史】

「どうしました？」

新山が焦《じ》れたように言う。

「帰っていただけないのでしたら――」

「これ、何ですか」

櫻登はベンチを指差した。

「何って、ベンチですよ。ホスピスに縁のある方が寄贈してくださったんです。あちらの
は衆議院議員の――」

「村尾仁史さんとこのホスピスと、どんな関係があるんですか」

昂奮《こうふん》を抑えて、櫻登は尋ねる。

「村尾さん……ああ、佐澤院長とは長年のご友人だと聞いていますけど。同じ医大の先輩
と後輩で」

「まさか……」

櫻登はふらふらと歩きだす。

「永山さん、帰ってくださいと申し上げたはずです。お帰りください」

「僕……調べないと……」

　新山を押し退《の》けようとすると、彼女が声をあげた。たちまち数人の職員がやってきて櫻登を押さえつける。

　そのまま篤志館の外に連れ出された。

「もう二度と、あんたを入れちゃいかんとお達しがあった」

　入場門の守衛が寂しそうに言った。

「あんた、何をやったんだ？　何にせよ、もう来てくれるな。あんたを追い返したくないからな」

　職員たちに揉《も》みくちゃにされた服と髪を手で直し、櫻登は守衛に一礼した。とぼとぼとバス停に向かって歩きだしながら、呟いた。

「佐澤さんと仁史さん……円城寺さん……」

　後ろから車が近付いてくる音がした。ぼんやりとはしていたが、本能的に道の端に寄った。

29　桜崎真吾《さくらざきしんご》

黒いセダンが追い越していく。すれ違いざまに車内を見た櫻登《はると》は、その場に固まった。

「……桜崎、さん？」

後部座席に座るその男は、こちらを見ていた。かすかに微笑んでいるように見えた。白い長毛種の猫を抱いていた。

男は片手を上げ、挨拶するように手を振ってみせた。シャツが下がって、腕が見えた。

一瞬、その腕に黒い炎のようなタトゥーが見えた……ような気がした。

――こんなことなら、もっと早くにやってしまえばよかった。使い物になるのは体だけなのに。

仁史の言葉が不意に甦《よみがえ》る。

――頭に爆弾抱えてるんだ。手術ができない場所にあるから、手の施しようがないんだよ。

使い物になるのは、体だけ……。

「円城寺さん……まさか……」

櫻登が走り寄ろうとするより先に、セダンは遠ざかっていった。

不意に強い風が背中を打った。小さくなっていく車を見送りながら、彼は、ただ風に吹かれていた。

注

本書はフィクションであり、登場する人物、および団体名は、実在するものといっさい関係ありません。この作品は書下ろしとして、二〇一九年七月、小社から単行本で刊行されたものです。

――編集部

あとがき――ドコカノダレカさんへ

太田忠司《おおたただし》

あなたは、この文章をいつ読むでしょうか。作品を読み終えた後か、読む前か、あるいは書店でたまたま手に取ってこのページから読んでみたのか。

一応「あとがき」と題していますけど、どんな順番で読まれてもいいです。その心づもりで書くことにしましたから。

目的はひとつ。あなたに読んでもらうこと。それだけです。

もう結構な年月の間、僕は小説を書きつづけてきました。良く言えばベテランですが、古くはロートルという言いかたもしました。まあ、そう言われるだけのキャリアがあります。

それなりに小説を書いてきました。僕より多作な作家さんももちろんいますけど、でも多く書いてきたほうではないかと思います。

そんな僕のささやかなキャリアの中でも、この作品『道化師の退場』は特別なものです。そのことに気付いたのはつい最近、文庫化に際して作品を読み直したときでした。

書店に並べる小説は商品でもありますから、売り込みが必要になります。特にエンターテインメント小説の場合、どんな面白さがあるのか、何か特別なのか、そうした「売り」を前もってプレゼンする必要があるのです（そんなこと全然考えなくていい作家や作品もありますが、僕は多くの場合そうしているということです）。

この『道化師の退場』において「売り」は「余命半年の探偵」というものでした。担当の編集さんには「次に書くのは余命半年の探偵の話です」と告げて了承をもらい、本にするときも帯のコピーに「余命半年の探偵」と書いてもらいました。

余命半年の探偵――目を引きやすいキャッチコピーだと思います。編集さんが執筆にGOサインを出してくれたのも、この言葉が功を奏したからでもあるでしょう。

ここで正直に告白します。GOが出た時点で僕がこの作品で思いついていたのは、ほぼこの言葉だけでした。書けると決まってから、ではどんな話にしようかと考えたわけです。

今、「ほぼこの言葉だけ」と書きました。完全にこの言葉だけ、ではなく、ぼんやりと頭に浮かべていたものはありました。それは余命半年の探偵が衰弱する体に鞭打《むちう》って最後の事件に臨《のぞ》む、というものでした。このキャッチコピーを見たひとの多くが想像するであろうストーリーです。その心づもりで大まかなプロットを組み立て、執筆に取りかかりました。

しかし書きはじめてすぐに、違うと思いました。思ってたのと違う。話が別の方向へ動いていく。

そうなったのは視点人物として設定した永山櫻登《ながやまはると》という人物が冒頭で登場したときからでした。彼は足許《あしもと》に転がってきたテニスボールを拾い、それを転がした子供と会話を始めます。その時点で僕は櫻登が妙なことを話していることに気付きました。饒舌《じょうぜつ》で中身がなくて、なのにどこか核心を衝《つ》いている。もちろん彼の話すことは僕が頭の中で考えたものです。でもこれは小説を書いた経験のある方なら賛同していただけると思うのですが、何から何まで自分の思っていたとおりに書けるわけではないのです。その瞬間に思いついた言葉、頭に浮かんだ状況を文字にしてみたとき、想定とは少し違ったものになってい る。その違ったものをベースにして次のシーンを書いてみると、更《さら》にどこか少し違ったものになる。それが連続すると気が付いたとき、物語は当初の目論見《もくろみ》から大きく外れてしまうのです。

この『道化師の退場』では、それが冒頭から起きました。このままでは櫻登が制御不能になるかもしれない。対策はふたつ。あらためて全部書き直すか、それともプロットを組み直すか。

あまり悩みませんでした。僕はこの櫻登という人物に興味があったからです。このまま書き進めて、彼が何を始めるのか見てみたいと思いました。なので用意していたプロットは一度捨て、彼を中心に書くことにしました。余命半年の探偵――桜崎真吾《さくらざきしんご》の話はメインにならないかもしれない。でも、しかたない。書き上げて編集さんに提出するときは「すみません、余命半年の探偵の話にはなりませんでした」と謝《あやま》ることにして、櫻登に頑《がん》張《ば》ってもらおう、と。

そうして書き上がった作品は、自分でも評価の難しいものでした。櫻登という変わったキャラクターに引きずられ思わぬ場所まで連れて行かれたように思えました。

そうでありながらラストシーンでは、そもそもの始まりであった「余命半年の探偵」の真の意味が明らかになります。このラストは書き進めているうちに思いついたものですが、最初は書くことに躊躇《ちゅうちょ》しました。いくらなんでも、という気持ちが先に立ってしまったからです。それでも書かないではいられなかった。

作品をどう受け止めたらいいのか自分でもわからないまま、完成した『道化師の退場』は世に出ました。そしてこれまで書いてきたいくつかの小説の中でも少しばかり毛色の変わったものとして、記憶の棚に収めることになりました。

その作品を文庫化することになり、三年ぶりに読み返すことになりました。そしていささか、いや、かなり驚きました。印象がまるで変わっていたからです。

支離滅裂《しりめつれつ》とまでは言わないものの、少々とりとめのない話にしてしまったと思っていたのに、読んでみると何もかもそうあるべき形になっていました。あれほど振り回されていた櫻登も物語の中でしっかりとしたキャラクターを作り上げていました。謎があり、解明があり、人々が動き、死に、そして、あのラストシーン。こうなることが当然であるかのように読み終えることができました。

右往左往しながら書いていた記憶が薄れたせいかもしれません。そこにあったのは、ゆるぎのないプロットに支えられたミステリでした。

僕はこんな小説を書けていたんだな。

そんな感慨がわいてきました。

じつは最近、自分の書いているものに疑問を持ちかけていたのですが、この作品はそんな僕の自信を甦《よみがえ》らせてくれました。

僕は、こんな小説を書ける作家なんだ。

この文章を読んでいるドコカノダレカさん。

僕はこの小説を、自信と誇りを持ってあなたに差し出すことができます。

これが、太田忠司のミステリです。

道化師の退場

一〇〇字書評

切り取り線

購買動機（新聞、雑誌名を記入するか、あるいは○をつけてください）	
□（　　　　　　　　）の広告を見て	
□（　　　　　　　　）の書評を見て	
□ 知人のすすめで	□ タイトルに惹かれて
□ カバーが良かったから	□ 内容が面白そうだから
□ 好きな作家だから	□ 好きな分野の本だから

・最近、最も感銘を受けた作品名をお書き下さい

・あなたのお好きな作家名をお書き下さい

・その他、ご要望がありましたらお書き下さい

住所	〒				
氏名		職業		年齢	
Eメール	※携帯には配信できません	新刊情報等のメール配信を 希望する・しない			

この本の感想を、編集部までお寄せいただけたらありがたく存じます。今後の企画の参考にさせていただきます。Eメールでも結構です。

いただいた「一〇〇字書評」は、新聞・雑誌等に紹介させていただくことがあります。その場合はお礼として特製図書カードを差し上げます。

前ページの原稿用紙に書評をお書きの上、切り取り、左記までお送り下さい。宛先の住所は不要です。

なお、ご記入いただいたお名前、ご住所等は、書評紹介の事前了解、謝礼のお届けのためだけに利用し、そのほかの目的のために利用することはありません。

〒一〇一―八七〇一
祥伝社文庫編集長　清水寿明
電話　〇三（三二六五）二〇八〇

祥伝社ホームページの「ブックレビュー」からも、書き込めます。
www.shodensha.co.jp/bookreview

祥伝社文庫

道化師《どうけし》の退場《たいじょう》

令和 5 年 9 月 20 日　初版第 1 刷発行

著　者　太田忠司《おおたただし》

発行者　辻　浩明

発行所　祥伝社《しょうでんしゃ》

東京都千代田区神田神保町 3-3

〒 101-8701

電話　03（3265）2081（販売部）

電話　03（3265）2080（編集部）

電話　03（3265）3622（業務部）

www.shodensha.co.jp

印刷所　萩原印刷

製本所　積信堂

カバーフォーマットデザイン　芥 陽子

Printed in Japan ©2023, Tadashi Ohta　ISBN978-4-396-35006-2 C0193

祥伝社文庫　今月の新刊

西村京太郎
十津川直子の事件簿
奥様は名探偵！　十津川顔負けの推理で謎に挑む直子の活躍を描いた傑作集、初文庫化！鉄道トリック、動物ミステリ、意外な真相…。

太田忠司
道化師の退場
はじまりは孤高の女性作家殺人事件——死に臨む探偵が、最後に挑む難題とは？『麻倉玲一は信頼できない語り手』著者の野心作！

松嶋智左
出署拒否　巡査部長・野路明良《のじあきら》
辞表を出すか、事件を調べるか。クビ寸前の引きこもり新人警官と元白バイ隊エース野路が密かに老女殺人事件を追う!?　好評第三弾！

有馬美季子
おぼろ菓子　深川夫婦《めおと》捕物帖
花魁殺しを疑われた友を助けるべく、料理屋女将と岡っ引きの夫婦が奔走する！　彩り豊かな食と切れ味抜群の推理を楽しめる絶品捕物帖！

岡本さとる
取次屋栄三《えいざ》　新装版
剣客・栄三郎は武士と町人のいざこざを知恵と腕力で取り持つ取次屋を始める。幼馴染の窮地を知るや、大名家の悪企みに巻き込まれ——。